JN060212

古都に抱かれた青春

――愛することと、働くこと――

牟岐 文美
MUGI Fumi

文芸社

まえがき

「こんな所に隠れていたのか、懐かしい宝物が！」

世の中では老いと共に断捨離がはやり、私もその一人だった。二〇二〇（令和二）年の師走のある日、コロナ禍の暇をもて余して押し入れのタンスを動かしていた時、思わず叫び声をあげた。タンスの後ろには、すっかり変色した古本の匂いも懐かしいダンボール箱が四つ。中には、大学六年間の、びっしりと書かれた八冊の日記、そして一年間の交際と三年間の遠距離恋愛の六〇〇通を超える往復書簡の束がぎっしり詰まっていた。度重なる引っ越しにも陽の目を見ることなく、五十余年、眠っていたものだ。

セピア色の半世紀前の大量の封筒は、もはや半数以上がその消印を読み取ることさえも難しい。よくもこんなに書いたものだと驚きつつも、暇にまかせて一通一通、内容を吟味しながら番号をふっていく作業は予想外に時を要したが、文字が語る青春の時々の記憶を蘇らせる感慨深い時間となった。文字にしておかねば記憶の大半は忘れられていく。人生の岐路になったはずの出来事でさえ、後から思い出そうとしても正確な事実、その時々の会話や思いなどの記憶は実に曖昧なものだ。幸いにも私の日記は、起こった事実は言葉で、話したことは会話文「……」で、自分の思いは《……》で書き込まれていた。

一八歳からの六年間、私の青春を育んだ揺籃（ゆりかご）、そこは千年の都、京都だった。女性の社会的自立が困難だった一九六〇年代、否応なく学生運動や社会変革の波に巻き込まれながら、女としての将来の方向を模索する不安と悩み、学ぶことの楽しさと苦悩、人への信頼感と性愛を巡っての悩みと苦しみ、喜びを味わった青き日々の記録でもある。

学生時代の私は男子学生に囲まれ、理性的に人生設計し、孤独に耐えて自立して生きることを強烈に願う女子学生だった。その一方で、将来への不安、人間不信と自己効力感の低さに悩まされる精神的弱さがあった。そんな私に多くの人々との出会いをもたらし、転機を与え、私を育んでくれたのが古都だった。思想や学問に苦しみ、失恋や恋愛に悩んだ時、円山の桜、貴船のせせらぎ、紅葉の高雄、雪の糺（ただす）の森……、その山川の四季の自然に癒やされて元気を貰った。荘厳な古刹と語りかけてくる御仏（みほとけ）、学生に優しい人々との出会いにどんなに慰められ、励まされたことだろうか。この地で過ごした青春の日々の思い出は、喜寿を迎えた私のいまも宝物となって残っている。

青き日の吾らを育てし揺籃は古都の山川古刹御仏

タイムカプセルのような日記や手紙を読み返しながら、若き日々がこんなにも鮮明に残されていることに感動し、喜寿の記念に自分史としてまとめることを思いたった。

自分史は、人生を振り返って物語風に書き留めたもの、物語としての自己の記録、物語としての人生である。もちろん、生きてきた歴史を思い出すことは楽しいことばかりではない。記憶を掘り起こす作業は時に痛みを伴う。青春時代の自己との再会は、「もし、あしていたら別の人生があったのではないか」と後悔しがちだ。忘れることは、思い出したくない過去を意識下に葬ることによって、前向きに生きていくために欠かせない心の作業でもある。

だが、客観的に過去の軌跡を辿ることは、今いる自分以外にはあり得ないことを納得させ、これからの人生をいかに生きるかを考えるきっかけにもなるに違いない。だから私にとっての自分史は、正確な事実そのものというよりも事実に基づいたフィクション、小説やドラマと同じく、「根も葉もある嘘八百」(小説家佐藤春夫の言葉より)を含んだ自分が納得するために必要な物語なのだ。過去を振り返ることによって「自分の何かが変わった」という気持ちが起こり、それが自己成長のきっかけになり、現在の自分を肯定的にさせてくれることにつながっていくのだろう。自分史を書く意味はまさにここにあるのだ。

物語を形づくる重要なパーツ、それは、今までの考えや行動、価値観が変わり、その後の人生を大きく変えるようなきっかけになった出来事、転機であろう。生きてきた時代背景の中で、性的な色合いを帯びた人間関係の織物としての恋愛は、人生を方向付ける重要な転機となる出来事の一つである。

青年期は、生きることへの不安や孤独に対処するために他者との一体化を求めて、愛を希求する時期でもある。愛することは人との出会いと別れの機微、理性と感情の揺らぎ、傷つき、傷つけながら成長することを教えられる人間関係の試練の経験である。感情に支配されがちな恋愛も、時には理性による選択と決断を迫られ、感情と理性の揺らぎが絶えない経験である。出会いは新鮮だが、傷つき、傷つける経験を経た別れは時に厳しく、痛いものだ。しかしそこには、大きな学びもある。相手への怒りや憎しみを越えて、強く優しく、より賢くなっていく自分を手にすることもできる。強いだけでは、聡明なだけでは足りない、人間の弱さと温かさを受け容れ合う経験でもあるのだ。

精神科医のS・フロイトは晩年、「正常な人間にできなくてはならないことは何か?」

と問われて、「愛することと働くこと」とそっけなく答えたと、E・H・エリクソンは書いている（E・H・エリクソン著　仁科弥生訳『幼児期と社会I』みすず書房一九七七年）。同時にフロイトは、「豊かに生きるためには、愛することを犠牲にするほどまでに働く必要はない」と考えていたそうだ。今流に言えば、「ワークライフバランス」とでもいうのだろうか。男性中心のフロイトの時代に、彼が女性の人生をも視野に入れていたかは疑問だが、ともあれ、私生活と仕事が偏りすぎないバランスある人生の実現を理想としていたことは予想される。

社会心理学者のE・フロムは、学生時代の私の愛読書であった『愛するということ』（紀伊國屋書店一九五九年初版、二〇二〇年再版）の中で、「生産的な愛」は恋に落ちる愛ではなく「一生涯を支え合う愛」であり、それを手に入れるためには、愛されること以上に「愛する能力」を身につけることが欠かせないと言う。そして、「生きるために技術が必要であるように愛にも技術が必要であり、知性と努力を傾けて愛について学び、修練を積み、その技術の習得に真剣に取り組むことが必要だ」と述べている。

この本の元となったのは、大学一年からの六年間の日記と、六〇〇通を超える遠距離恋愛の往復書簡である。私が出会った愛の形は、青年期の「愛すること」の典型であったと思う。いつ、どこで、どんな愛に巡り合うか、それが人生の光となるか陰となるか、その時には分からない。それが分かるのは、ずっと先のことなのだ。

さてこれから、青き日々に私が出会った三つの愛の形、「敬愛」「友愛」「礎としての愛」の物語を振り返りながら、その後五十余年の人生の「愛することと働くこと」の軌跡をたどる懐かしい旅に出てみようと思う。

目次

第五章　愛することと働くこと

第一章　育った時代と生い立ち

幼い日の五感の記憶（一九四八年～一九五二年　四歳～八歳）

イチジクの甘さとスモモの甘酸っぱさ、ヤギとニワトリの温かい肌触りと匂い、シャガと大根の花の白紫の色と香り、七五年前、そこは山陰の祖父母宅の庭と畑、私の記憶は五感とともに四歳前に始まる。

果物が手の届くところに実り、外厠の隣の小屋にいるヤギを連れて農道を散歩し、独特の匂いのその乳を搾り、放し飼いのニワトリの卵をあちこち探しながら籠に集めて祖父のところに持っていく。夕方になるとニワトリをみんなで追いかけて鶏小屋に追い込む。それが幼い私の楽しい日課だった。祖父は天秤ばかりで卵の重さを量り、毎日メモしていた。石垣に頭を出す蛇の眼に兄が石を命中させると、祖父が素早く捌いてニワトリのエサにする。

私を猫かわいがりしていた祖父は、裏山の竹林に手作りの登り棒、小さなブランコと滑り台を作ってくれ、夕方になると、上機嫌で自作のあやし歌を歌いながら、薪で沸かした風呂に兄と私と一緒に入るのを楽しみにしていた。つかまえられて頭をゴシゴシ洗われるのが二人とも苦痛だったが……。

夕方に鳴き出す小丸子山のキジのケーンケーンという眠気を誘うような鳴き声も、ボボォボボォと闇夜に重く響く不気味なフクロウの低音も、蚊帳の中で優雅に舞う蛍の冷たい光も、なんと身近な存在だったことだろうか。

私は一九四四（昭和一九）年八月、敗戦色が濃くなる頃に生まれた。母は広島の爆心地のすぐ傍に住んでいたが、海軍軍人だった父が、寄港地に母を呼び寄せた時に授かったのが私たちきょうだいだった。母は三人目の私を身籠もった時に軍港広島から強制疎開させられ、山陰の祖父母の家に移ることになった。

そのお蔭で私たち親子は、幸いにも一年後の原爆を回避することができたのだった。一歳の誕生日を迎えた私は一升餅ならぬ一升米を背負って元気に歩き、その夜から麻疹（はしか）になり、高熱とともに終戦を迎えたそうだ。記憶にはないが、私が三歳の頃、終戦から二年遅れて三六歳になった父が南洋の島から復員する。六、七歳になっていた姉や兄は違和感があったのか父に近寄ろうとしなかったようだが、幼かった私は父の膝にちょこんと座ってニコニコしていたという。

度重なる転校の思い出（一九五二年～一九六二年　八歳～一八歳）

戦後の混乱期はみなそうだったが、父は職や住居を求めて苦労し、貧しい生活が続いた。軍人だった父は戦後社会への再適応に苦しみ、三年ほどはいくつかの職を変え、そのたびに住居も変わった。その後やっと定職に就くことができたが、その仕事は転勤がやたらに多く、北海道から九州まで、毎年学期末が近づくと転校の心配をするのが憂鬱だった。

私の人生に大きな影響を与えた出来事の一つは、転校であったと思う。小学校を六校、中学校は二校、高校でも転校し、大学で初めて転校から解放された。転校のたびに、初日から二、三日目には神経性胃炎のような症状を起こして休んだが、一か月もするとクラスのリーダーになっているような子だった。しかし転校の都度、程度の差はあれ、いじめや嫌がらせなどの通過儀礼を経験した。小学四年の転校では、「草分け」と呼ばれる北海道の開拓者一族がデパート経営者になっており、その孫娘がクラスを牛耳っていた。ばらまかれる珍しい学用品に釣られて、子分になる子が多かった。転校してまもなく、私も子分になることを強要され、毎日、学校を通り越して彼女の家まで送り迎えをする集団登校を強いられた。従わないと子分の男の子に学校帰りに石を投げられ、体育ではドッジボールの集中攻撃を浴び、教室ではシカトされたりした。担任教師も地域の有力者に頭が上がらなかったようだが、結局、リーダー格の男子が子分の男の子を抑えてくれて、半年もするといじめはなくなっていた。

中学校は札幌で入学したが、中学二年の二学期からは山口に転校した。転校三週間後、

「トイレでの喫煙を先生にチクった」という訳の分からない理由で、男子三人に放課後、二階の教室に閉じ込められた。「机に掌を広げろ！　刺してやる！」とナイフを机にドンと突き刺して脅され、私は窓際へ追い詰められていった。《飛び降りたら死なないまでも大ケガするだろう》と思いながら、《とにかく興奮させないように時間を稼がなくてはー》と思っていると、正義の味方のような生徒会長の男子生徒が竹刀を持って、助けに突然教室に飛び込んで来てくれた。彼が「早く行け！」と目で合図をしたので、私は教室を飛び出した。校門を出るとドッと涙が溢れ出て、泣きながら家まで走った。だが、家に着いた私がその話をすることはなかった。よくある「いじめられっ子」の話のように、親には全く話さなかったようだ。親に心配をかけたくなかったのだろう。

後日談になるが、この剣道部の部員だった生徒会長とは大学時代に会う機会があり、その時の話を聞いた。転校生をいじめるという噂が前からあって、気にしてくれていたのだという。私は覚えていないが、彼が飛び込んできた時、私が「もう帰ってもいい？」と聞いたそうで、「度胸のある女子だなー」と驚いたという。二〇年後に開かれたクラス会で出会ったいじめっ子の一人は建設業の社長になっていて、昔のお詫びにと御馳走してくれた。

姉、兄は進学のために中学生の終わり頃には祖父母の家に預けられたが、末っ子の私は高校入学後も親と一緒に転居した。山口の高校は、男子四〇〇人に女子四〇人という県立の進学校だったが、一年生が終わると、またもや父が九州に転勤になった。山口の高校の寄宿舎は男子限定だったので、私は九州の高校の編入試験を受けた。その年は八〇人の受験者に合格者は二人、なんとか四〇倍の試験に合格してホッとしたことをよく覚えている。

その男子中心の県立高校では、少人数の女子は家庭科や体育の時間は放任され、今では考えられないような男子中心の高校生活を送った。体育の授業中には「女子は好きなことをしていろー」と教師が言うので、私はバトミントンやローラースケートをしていた。

小学校では、転校の先々で担任教師から可愛がられ、採点やガリ版刷りの手伝いを頼まれ、友達と土曜日の宿直室に泊まって、お化けごっこをしたことが懐かしく思い出される。札幌での中学一年の担任は、新卒の男性で数学教師だった。授業前に、島崎藤村の『初恋』、宮沢賢治の『雨ニモマケズ』、石川啄木の『一握の砂・我を愛する歌』などの詩歌を暗唱し発表させられた。転校後にこの教師から届いた小包には、ガラス細工の透き通った小さな動物がいっぱい入っていて、「高校を卒業したら是非会いたいー」と書かれていたので、母が心配した。転校先で出会った中学三年の担任男性教師は、中年の骨太の日教組の組合員で、世の中の動きや政治の話を、分かりやすく熱心に語ってくれた。

小学校の頃の楽しい思い出といえば、近所の子どもたちを集め、年齢に応じて役や楽器を割り振って、劇や歌、ダンスなどの出し物を考えて演出する行事を仕切ることだった。母の日や七夕、ひな祭りには、母親たちも料理を作って参加し、子どもたちの演技を楽しんでくれた。小遣いができると近所の貸本屋に入りびたり、絵本や少女マンガ、昔話や童話、偉人伝などを貪り読んだ。紙芝居の拍子木の音が、今も耳に懐かしく響いてくる。

神社の秋まつりには田舎芝居の一行がやってきて、境内に幕を張って時代劇の芝居興行をした。あっという間に年配の役者が娘役で、さっきまで遊んでいた子どもが子役で登場し、お粗末なチョンマゲや刀、手作りの舞台装置が風にあおられて倒れたりした。チャンバラあり、親子の情愛あり、男女の愛憎あり、涙あり、笑いありの芝居にすっかり虜になって、数日にわたり幕下からタダで入れてもらい、すぐに「国定忠治」のセリフを覚えた。

友達に家が映画館を経営している子がいて、毎日曜日に東映映画をタダで見せてもらって、中村錦之助や美空ひばり、東千代之介などが出演する映画を観尽くした。海の見える香港の丘の上での洋画のラブシーンを初めて見た時は、目が点になったものだ。映画館の宣伝マイクから流れる三橋美智也や春日八郎の独特の節回しの歌謡曲は、今でも歌うことができる。

五年生の時には、四人のリレーの選手の一人に選ばれ、授業中に「頑張ってこいよ！」とクラスメイトの声に送られ、学校代表として他校の運動会に招待されて参加した。何回か優勝すると一年分のノートや鉛筆が貰えて、うれしかったことを思い出す。六年生の時は、音楽の先生の推薦で、ＮＨＫの「腕くらべ声くらべ子ども音楽会」に出演し、「みかんの花咲く丘」を歌って鐘三つ、万年筆を貰って大人になった気分を味わったものだ。

三つ年上の兄は東大生だったが、休暇で帰省する度に東京の街や大学の様子、読んでいる本の話を聞くのが楽しみだった。兄が飲みながら面白おかしく話す恋愛やそれにまつわる性の話をドキドキしながら聞き、大人の仲間入りした気になったものだ。

引っ越しの度に庭先に野菜や花を植え、一九歳で結婚した料理上手な母とは、姉妹のようだと言われた。年末には母とおせち料理を作り、正月には父のお客のための酒燗が私の仕事だったが、燗冷ましを賞味するうちにいつしかアルコールに強くなっていった。

こうした生活は、私の性格形成に少なからぬ影響を与えた。友達との葛藤は不安や自己防衛を強め、自分の行動に自信がなくなることがあった。自己主張する前に場の空気を読む他人指向性、八方美人的性格につながっていった。最悪の事態を想定し、自分がなるべく傷つかない、損をしない行動を考える熟慮型で優柔不断な子に育っていったが、同時に周囲を納得させるために、勉強や運動で優等生になるための努力と強い自我の形成を迫られた。常に今の欲望を我慢する生活がストレスでもあり、自分を追い詰める心身の余裕のなさは息苦しさとなって自分を苦しめ、気分の起伏を激しくした。それがその後も、ストレス状態になると心や体が無気力になり、落ち込んで動けなくなることにつながっていった。こうした心身のスランプ状態を、私は「憂鬱病」とか「沈没」と呼んでいたが、それは大学入学後も、しばしば引き起こされることになった。

そして京都にやってきた（一九六三年　一八歳）

生きることを真剣に考え始めた中学二年の頃から、男子に負けず勉強する姿勢を貫くようになっていった。その頃から、必ずしも夫婦仲がよかったわけではない専業主婦の母の姿を通して将来を考え始め、自立する能力の獲得が欠かせないと悟るようになった。

私立大学進学も浪人も許されなかった私にとって、国立大学の受験はまさに人生の勝負の時であった。女子一人の私は十数人の男子と共に九州からの夜行列車に乗り、教員に引率されて京大受験に臨んだ。

受験当日、一時間目は国語の試験だった。ドキドキしながら試験問題を開くと、「入学おめでとう。………」から始まる問題文が目に飛び込んできた。ユニークでどこかユーモアのある問題文に緊張をほぐされた私は、《絶対に合格するのだ》と奮起したことを覚えている。合格電報を受け取った時、私は疲れ果てて熱を出して寝込んでいたが、あの時のうれし涙の味は今も忘れられない。

中学三年の時、将来の夢を書いた封筒を担任に渡した時から「京都」、それは私にとってある予感のした街だった。子どもの頃から歴史が大好きだった私は、《学生生活を送るなら千年の都、京都がいい》とずっと思い続けていた。そして、六年間を過ごすことになる京都にやって来た。東京に帰る途中の兄と一緒に下宿を探し、二条城の近くにやっと見つけることができた。そこは、京都弁の祖母と高校生の孫娘が住む路地の奥、風呂屋が目の前、まかない付きの京長屋の二階の一室だった。こうして、初めての一人暮らしが始まった。

大学入学後、クラス文集に載ったクラスメイトからの私に対するプロフィールは、「不思議な魅力・神秘的に目が輝く・明るく積極的で才女のような人・真面目にものを考える人・スポーツでも何でもできそうなタイプ・冷たそう・バックシャン？　前から見ても後ろから見ても同じ！　・少し男性を引きつける魅力を出した方がいい……」などなど。

入学後まもなく、M子という親しい女友達ができた。彼女は一見知的に見えるが、感情豊かなロマンチストで、高校時代に熱烈なラブレターを書いて相手を困らせたそうだ。京都育ちの一浪の彼女は、さすがに人を見る目が肥えていた。

「あんたの行動は常に知性が働き、感情に支配されることがあらへん。そやから感情の所産である恋愛には不向きな人や思う。あんたは表面的には強そうに見えるけど、決して芯は強い人とちがう。そして、あんたは男の人を弱い者、同情すべき者として見たことあらへんのとちがうか……」

確かに私は、女は社会的弱者であるという立場で生きてきた。だから女の社会的自立こそが目標であって、感情の所産であるという恋愛にはとても臆病なところがあったと思う。

一九六〇年代の社会的背景

一九六〇（昭和三五）年、政治的には、日米安保条約批准を巡る国会デモで女子学生が亡くなった年、経済的には、所得倍増論を掲げて日本の高度経済成長の幕開けになった年である。私が大学に入学した一九六三（昭和三八）年頃は、安保条約の自動延長阻止、原子力潜水艦寄港反対などの政治運動が激化すると同時に、その翌年には東海道新幹線開通と東京オリンピック開催など、「もはや戦後ではない」という社会風潮が溢れ、政治と経済問題が交錯する激動の時代であった。

東京オリンピックの年に始まった衛星中継は、一九六七（昭和四二）年には、世界をつなぐ国際共同中継番組へと広がった。世界の情勢が瞬時に報道される時代を迎え、その翌年は若者による社会変革運動が国を超えて激化し、世界が最も揺れた年だと言われている。紅衛兵を先鋒とする中国文化大革命に始まり、ベビーブーム世代が中心となったアメリカのベトナム戦争反対運動は、西ドイツからヨーロッパ全土に広がり、フランスの五月革命、「プラハの春」に代表される共産主義政治体制への反発など、社会改革運動が世界的な広がりを見せた。こうした世界の動きは日本の団塊世代の若者にも大きな影響を与え、安保条約による日本を基地としたベトナム戦争反対運動につながっていった。

高度経済成長が本格化した一九六七（昭和四二）年頃には、大学数が急増し、学生数が一〇〇万人を超えた。大学が経済界や産業界と結びつきを強めるにつれて、学生数の急増とマスプロ教育、大学の非民主的な管理・運営体制など、大学の在り方への学生による造反運動が激化していった。一九六八～六九（昭和四三～四四）年には、産学協同反対や大学授業料値上げ反対、大学制度改革を求める学生運動が全国に広がり、東大・日大闘争を始め全国の主要な国公私立大学では継続的にバリケード封鎖が行われていた。

社会改革運動が活発なこの時代は、親たちも就職先の企業も学生運動に神経をとがらせ、思想を巡って学生自身も人生の岐路に立たされる、そんな若者に厳しい時代であった。

当時の女子大学生の現状とフェミニズムの動向

一九六五〜七五（昭和四〇〜五〇）年の間に大学進学率が急上昇する。この間の女子進学率は短期大学を中心に拡大し、「女子は短大、男子は大学」という社会意識が定着したが、四年制大学の男女差は縮まらなかった。私が入学した次の年一九六四（昭和三九）年頃の四年制大学への女子進学率は約五%、その中心は私立大学に入学した女子学生の増加だった。当時の私の日記を見ると、この年の京大の女子入学者は、文学部三七人、教育学部一〇人　法学部四人　経済学部一人、薬学部二〇人と、全学生数の四%にも満たなかった。毎年、文科系学部を中心に女子大学生数は増えていったが、結婚までのこしかけ就職が前提、職業に徹するならば独身覚悟の時代であった。

私がシモーヌ・ド・ボーヴォワールの著作『第二の性』（一九四九年発刊）で、「人は女に生まれるのではない、女になるのだ」という有名な一節に出会ったのは大学一回生（一九六三（昭和三八）年の秋だった。「性差は生物的問題ではなく、社会的に構築されたもの」「性差は個人的問題なのではなく、社会的問題なのだ」ということに納得し、この人に巡り会えたことへの感謝を日記に綴っている。彼女は実存主義哲学に徹し、サルトルとの法律婚を拒んで自由恋愛を通し、子どもを望まず、人生への愛情、好奇心、著述する意思を五五歳になっても維持し続けていた。

アメリカでは、一九六〇年代の公民権運動後の「ウーマンリブ」や「第二波フェミニズム」によって、性差別の克服、女性解放運動が広がっていった。一九七〇年頃には理論的枠組みとしての「女性学」が誕生した。性差別に関する社会的関心の高まりは、国連を中心とする世界的な動きとなって、一九七五（昭和五〇）年の「国際婦人年」、一九七九（昭和五四）年の「女子差別撤廃条約」につながっていった。

日本では、一九六〇年代は、男子学生を中心とする学生運動、大学紛争の時代だった。その男子学生中心の運動への反発から生まれたとも言える日本の「ウーマンリブ」、女性の性の解放運動が一九七〇年代初めに起こった。その後、一九七五（昭和五〇）年頃から、「女性の、女性による、女性のための学問」としての「女性学」が注目され始め、私立大学に女性学講座ができ始める。一九八五（昭和六〇）年には、欧米に六年遅れた「女子差別撤廃条約」の批准に伴い、労働の平等への入り口となる「男女雇用機会均等法」がやっと成立した。男性をも含めた社会的文化的性役割差別を問題にする「ジェンダー論」に移行したのは、一九八〇年代後半から一九九〇年代初めであった。

男性教授の女性観と女子学生亡国論

入学間もない頃、「教育学」の講義で高齢の温厚な男性教授が発した言葉には、さすがに驚いた。

「今こうして、男子と机を並べて勉強している女子を見ると、その天性に逆らっているように思えてならない。女子はやはり、子どもを産んで育てることがその天性に従った生き方なのではないか」

私たち女子学生は、その天性とやらに逆らって大学に来ているのだろうか。《仕事をして子どもも産み育て、天性を果たせばよいのではないか。それができる社会が実現すればいいのだ》と、その時は反発心が募った。ただ、当時の私にこの二つを両立させる力があるのか、不安ではあったが……。

私立大学文学部の女子学生割合が五〇％を超えた一九六〇～六二（昭和三五～三七）年、早大と慶大の教授たちが雑誌で面白おかしく展開したのが「女子学生亡国論」であった。「私立大学の文学部は女子に占拠され、花嫁学校と化している。女子学生が増えると国が亡びる。優秀な女子が入試を突破すると、男子がはじき出されてしまう。真剣に学問をする気のない花嫁修業気分の女子のために、天下国家を担うはずの男子の将来が閉ざされてしまうのではないか」というのだ。

共学大学においても女子の進出によって大学の質の低下が懸念され、結婚目的で入学した女子学生は、少数の女子という立場に甘え、同権ばかり求めて対等な責任を果たさない、これが当時の日本の女子大学生一般の姿であり、社会進出は絶望的だと言われていた。

男子学生の女性観

在学中に出会った京大男子学生の女性観も、否定的なものが多かった。

「京大の女子学生は知的な言動が強すぎて、感情の流れを表現することに欠けている。音楽も、感性で聴くのではなく、理性で受け止めようとする」

「勉強ばかりしていて、他のことを忘れている人のことを『女らしさ』がないっていうんだろうが、君には十分女らしさがあるよ」

「京大の女子学生みたいな態度の女が一番嫌いだ。『女は人類の器』にすぎない。だから君には、いわゆる『女らしさ』を捨てないでほしい」

学生運動のリーダーで、勉強家の先輩学生が発した言葉は、本当に頭にきた。

「京大の女子ほど哀れなものはないと思う。美貌でもないし、肉体的にも競争できず、知的には男子より劣っている。つまり京大というバッチだけに頼って生きているのだ」

「女らしさ」という男子学生特有の基準で評価し、その価値観を女子に押し付ける、そんな男子学生が多かった。コンパになると酔うにつれ、それが「男らしさ」の表現なのか、猥談や卑猥な替え歌や踊りが始まる。若者の爽やかさが感じられない男子学生のこんな醜態を見るにつけ、寂しく腹立たしかったものだ。


そんな男子学生の男女観に介入し、私を揺さぶったのが、後に伴侶となるNさんだった。

「思想以前の生物的性差（セックス）に抵抗するのは人間的ではないし、お互いに男であり、女であることを素直に受け入れた方が自然だと思う」

「男女の役割（ジェンダー）を考える前に、お互いを人間として考えよう。男女ともに人間として、前向きの姿勢＝成長という義務に対しての不断の努力が欠かせない」

「男社会で生きる時、女だからという世間の目を忘れてはならない。それに甘えていたら、結局いつまでも、男が敷いたレールの上を走っていくことになる。自分の一歩は自分の意志で動かねばならない。義務とか権利とかの問題ではない。君を主体とした人生はどこへ行った、誰のために人生を歩み、苦しんでいるのだー」

私のジェンダー観

人間が美しいものを欲するのは本能で、当たり前のことだ。そして、たいていの人はその外見の美しさに心惹かれる。学生時代の私は自分の容姿を見ながらよく憂鬱になり、劣等感を持ったものだが、やはり異性にもてたいと思っていた。クラスコンパの後で男友達数人に誘われて飲んだ時、彼らの私へのさまざまな感想を聞いた。

「男子と飲みに行ったりするのは、女子との間に溝を作るんじゃないのか？」

「他の女の人は分相応にしているのに、君だけが背伸びをしている感じだ」

「クラスの女子数人が、君を必要以上に意識して批判しているようだ」

「同性の敵ができる、それは一番、人間の欠点を表しているんじゃないのか」

「そんなに人のことばかり気にする必要はない。今の君のままでいいんじゃないかな」

「男子の間でクラスの女子の噂をするけど、初めはよくなかったけど、最近君の株がだんだん上がってきたよ」

男子が圧倒的に多い高校生活を送ってきたためか、議論や皮肉、冗談のやり取り、はっきりものを言っても気兼ねしない男子とのコミュニケーションは、気楽で面白かった。さらに、私の周囲の男子は、よくも悪くも多様で個性的、自分へのこだわりを持つ輩が多く、話題も多面的で刺激的だった。しかし、男友達を選ぶ私の基準はまさに男女観でもあり、女性に偏見をもち、「女らしさ」を押し付ける男子との付き合いはしたくなかった。表面的には女らしくありたいと化粧もするしミニスカートもはくが、従来の「女らしさ」に満足できず、同時に男性の生き方に憧れと劣等感を抱いてしまう自分がいた。《男の人なんて》とバカにしているが、やっぱり私の心はそれで片付けられるものではなさそうだ。私には多分にそんな傾向があったと思う。歴史的な存在としての女性の生き方、結婚・出産・主婦という一連のイメージに自己決定権のなさを痛感し、抗う私もいた。一つのエポックとしてのこの時代、その中の一人の女性としていかに生きうるか、誇張になるかもしれないが、一種の歴史に挑戦する責任感も感じていた。

それでも、友達が婚約したと聞くたびに、《私は果たして一生独身でやっていけるか》と考えると自信がなかった。私は弱い人間であり、いつも生きることに寂しさや迷いがあり、人恋しさがある。どこか自分の生き方を認め励ましてくれる異性、相棒を探している自分を感じてしまうのだ。私はやはり、結婚しようと思っているようだ。自分にふさわしい相手を探すためには恋愛もよかろう。人生の伴侶としての相手を見極める恋愛をするためには、自分の生き方がよほどしっかりしていなければならない。自制のない恋愛、それは危険というほかはない。しかし、職業としての結婚は決してしたくない。他人に養われること、依存することは、自分自身に対する屈辱感として残るだろう。だから、自分の口は自分で養っていける手段だけは身に付けておかねばならない。このことを抜きに結婚を考えることはできない。

さらに、人間はどんなに愛他的になったとしても、本来自己本位な動物だと思うし、それが人間の原罪なのだ。そんな二人がどこまで、人間的に相手を思いやり高め合って生活を共にしていけるのか、これも今は自信がない。結婚は精神的愛とともに、排他的な性的関係を伴う。それは同時に母性への入り口でもあろう。産む性は、私にとっては動物的というかどこか重く不快な感じを伴うのだが、一方で新しい生命を創造すること、それも素晴らしいことではないかとも思う。子育ては社会の継続につながっていくプロセスなのだから、特殊な考え方はやめようと思っている。

問題は、現在の社会状況と私の体力的、精神的、知的能力で、仕事と家庭、子育てを果たしていくファイトとバイタリティーがあるのか、それが問題なのだ。

女であることに甘えることなく、主体性をもって取り組むこと、自分の道は自分で判断し、断行し、その責任を持つ、これ以外に方法はない。結果はどうあれ、可能性があれば断行することのみだと思う。

第二章　敬愛――T先輩との出会い・別れ

入学まもない頃、すべてに不安だった私の前に、よき教師として突然現れたのが四歳年上、四回生のT先輩だった。学生運動の活動家で社会変革を目指して学問に励み、思想や哲学に造詣が深く、私の学びの師であり、初めて異性として意識した人だった。同時に彼は、一九六〇年代の激変する社会への適応に苦しみ、現実と自己との狭間で苦悩する人でもあった。めったに笑わない、聡明だがどこか人間的な匂いのしない、人間への不信感を残して去っていった人だった。

T先輩との出会い（一九六三年 四月　一八歳）

入学した頃の大学は、安保条約改正や原子力潜水艦寄港反対、ベトナム戦争反対など、学生運動の真っ盛りであった。日々、学生集会や授業放棄、デモ参加が続き、地方から出てきた私には理解できないことばかりで不安だった。激動の時代の大学一回生、しかし恐ろしいとばかり言ってはいられない、それに対処していかない限り、前に進めそうになかった。

大学は時間にルーズ、そしてあらゆることに正解はない。今のところ学問とは何か、何を考え何に向かって進んでいけばいいのか、自分がどんなに幼稚であるかを思い知らされ自信喪失していた。《机上の勉強以外の何かが必要だ》と痛烈に感じさせられていた。

そんな時、私の前に突然の手紙が舞い込んだ。四回生のT先輩という人からだった。
前口上、曰く、

第一に異郷における同郷のよしみから、第二に同学部の先輩面して後輩に迷惑な親切を施したくて、第三に京大の女子学生である魅力から……。（T先輩から私へ）

私が所属する一学年五〇人という小所帯の学部は、必然的に学年間の交流が盛んだ。先日の学部コンパの後、T先輩にお茶に誘われたが断ったことを思い出しながら手紙を読むと、「先日の埋め合わせに、会ってほしい」との便りだった。《将来のためには学部の先輩はありがたい》と思った私は、承諾の返事を書くことにした。

一週間後に入学後初めてのデート、平安神宮庭園と美術館に行き、コーヒー一杯での喫茶店での二～三時間、中身の濃い時間の連続に軽くめまいを感じた。高校生の頃から学生運動に傾倒していたT先輩は、目下の私の関心事であるテーマ、社会や教育、政治や学生運動に精通しており、急に大人の世界につながった気がして緊張し、身構えたものだ。
私は忠実な生徒として彼に引き寄せられていった。父の「学生運動をやる男には気をつけよ」の言葉を思い出して苦笑しながら……。

学生運動と進路の悩み

一浪、二三歳、四回生のT先輩は将来の方向に迷っていた。T先輩自身は進学希望だが、指導教官との関係に悩んでいるようだった。
「学生運動でゼミの教授に睨まれて、新聞社と放送局への就職がうまく進まない。結局大学院に行くつもりでいるのだが、今度は卒論を巡って衝突しているんだ。講座主任との折り合いが悪く、大学院に進学してから五年も付き合い、研究分野まで干渉され、さらに就職でまたトラブルになるかと思うと嫌になる。大学の内部にも、学問の自由や中立性なんてものはないのだ！」

三日後、第二便を受け取った。展覧会の内容と、時間割から本の紹介まで、親切なガイドが記されている。

先日の話であなたの輪郭が分かった。僕たちの仲間であることが分かってうれしかった。エジプト展に行きたいので、名解説するから一緒に行かないか？

（T先輩から私へ）

五月三一日の全学スト、生まれて初めてのジグザグデモ。《民衆から浮き上がった学生という特権階級が納得しただけの運動ならば、何の意味があるのだろうか?》と思いながらもクラス仲間と参加した。スクラムを組み直しながらも、さすがにヘルメットの白い列が迫ってくると恐怖心が募る。

「女子は列から離れろ!」と、男子リーダーの声が飛ぶ。女子が入るとスクラムが弱くなり崩れやすいということらしく、私はビラ配りを受け持たされる。若者に配ったビラを顔に投げつけられ、唇をかんでぐっと堪える経験もしたが、カンパして声をかけて励ましてくれる人もいた。「ご苦労さん。心の中で応援している人もたくさんいるよ。頑張ってー」

先輩からの再度の手紙（一九六三年 六月）

三年前の六月一五日は安保闘争で女子学生が亡くなった日、二〇日は安保条約が自動成立した日だ。それ以降の安保条約改正の詳しい内容はよく分からないが、安閑として眺めてはいられない。しかし主導権争いをする執行部の内部対立も激しさを増し、学生運動の限界も見えてきていた。

数日後にT先輩と会い、学生運動の現状、西田哲学の功罪、資本主義と社会主義の違い、愛についてなど、五時間にわたる話を一生懸命に聞いた。

「学生運動は学生の自主的思考と負担の上に成り立っている行動であり、それなりの力を持っている。クラス討論はその内容を学習する意味で大切なものだ。古典的哲学書を読んで自分を納得させることが大切、なかでも『マルクス主義哲学』を読んでみることから始めたらいいと思うよー」

「僕たちの仲間」というのはどうやら、マルクス主義を掲げる人々を意味するらしい。

その頃、先輩は将来の進路について悩んでいて、その日来た手紙にその気持ちが書かれていた。


将来のことについて、まだ決心がつかない。心の中も梅雨のようです。それに引き替え、心が躍動している君が羨ましい。最も重要なことは与えられた状況の中で、実際に自分の頭で考えてみることです。第三者的に傍観することは最もいやらしい態度です。とにかくこれからも人間的な接触を続けていきたいものです。

（T先輩から私へ）

Ｔ先輩の失恋体験と自己形成

Ｔ先輩が大学一回生の夏、音大生の彼女との失恋体験から日記をつけるようになったことを知った。音大でピアノをやっていた彼女とは、話題が合わなかったこと、安保デモなどで時期が悪かったこと、育った環境があまりにもかけ離れていたことなどから失恋したのだという。

「私には将来を決めた人がいるのです」

彼女から最後に聞いたこの言葉は、さすがにショックだったらしい。

「君も将来、好かれて迷惑な時は、そう言うといいよ」と付け加えた。

「恋愛に悩むこと自体が人間として大切な感情だ、失恋を乗り越えて強くなっていった自分を感じている。京大の女子学生は外面を知的な中枢で覆い隠してしまい、感情の流れを表現することに欠けている人が多い。音楽を聴く時も、その音自体ではなく、底にある精神的な動きを感じ取ろうとする女性が多いように感じる」

《私もそうだ》、と思い当たりながら聞いていた。

「恋愛は精神的なもの、結婚はそれに経済的な面が加味されたもので、恋愛が結婚に進んでいくのが理想だと思うが、結婚を前提にしない恋愛もあっていいのではないかと思う。男女の交際も人間にとっての人格形成の一つの過程だろうと思うが、僕には当分やらねばならないことがたくさんあって、その余裕がない。四〇歳くらいになれば、やっと結婚できる状態になるのではないかと思っている」

進路決定に揺れるT先輩（一九六三年 七月）

五日後、先日とは違って明るい顔をしたT先輩がいた。

「やっぱり大学院進学に決めた。決まってさっぱりしたー」

「進学に決めた理由は何ですか?」

「大学を変革したいから、もっと勉強したいから、のんびりと暮らす私生活を愛するから。六年近く大学にいるとなれば、君とも長い付き合いになるね。どうかよろしく!」

「この本は、あらゆることの総括だから……」

と、T先輩は『チボー家の人々』の三、四、五巻の三冊をカバンに入れて貸してくれた。


数日して、「わが愛すべき後輩たる可愛イコチャンへ」と記した手紙が届く。尊敬という概念に支えられた交際、先輩後輩としての軌道を外さずに付き合っていく決心をした。しかし、次の日から、私のいわゆる「憂鬱病」が始まった。T先輩の話のレベルについていけない自分を感じたことがその理由だった。

《彼はどうして私と付き合うのだろうか？》

付き合い始めて五十数日、しばらく会いたくないと思った。T先輩を得たことはうれしかったが、ともかく議論についていこうとするだけでドッと疲れてしまう自分がいたのだ。

T先輩の教育実習が来週から始まるという週末に、約束していたエジプト展に誘われた。その解説は彼の歴史観そのものだった。

「美術品には階級の違いが見える。いつの時代も権力者がその遺構を残し、庶民は歴史の中に埋もれていく。歴史の中にその隠れた流れを見ることが大事だ。日本が暁の光を見た頃、もはやエジプトは死んでいたのだ」

今日の話題は、学生運動や文学論、唯物論と観念論の歴史などについてだったが、私が「太宰」を好きだと言ったら提案された。

「夏休みに『太宰治論』なるものを書いてみたら。読んであげるから」

私の「憂鬱病」についても批判された。

「君はそうやって自分に甘え、自分の考えに陶酔して独りよがりになっているのだろう」

卒論テーマの選択で担当教授とトラブルになっていること、損にならない程度に妥協したらしいが納得できないようで苛立っていた。《彼はあまりに純粋ゆえに、世の中をうまく渡っていくことができないのだろう。学生運動をしていなかったら、教授に憎まれることもなかったろうし、苦労も少なかっただろうに……》とその時は同情するのみだった。

七月に入って、中学校での教育実習が始まったT先輩から葉書が届いた。

のんびり気楽になんてとんでもない。教育実習は予想していたより大変な毎日なんだ。

二週間の教育実習の折り返し時点の休日、《忙しい今、こんなことをしていていいのだろうか》と思いながら、『怒りの葡萄』『日本の夜と霧』の二本立て映画を二人で祇園会館で観て、映画の解説と教育実習現場の話を聞いた。教師を目指しているわけではなく、教育行政改革を目論んでいる先輩は、学校現場の予想以上の多忙さと現実の厳しさに戸惑っているようだった。

別れ際、そこには疲労感を滲ませた彼がいた。

「疲れてしばらく会えないし、手紙も書けないかもしれない……」

T先輩といると緊張して疲れるし、自分を押し殺して付き合っているという感覚があったので、どこかホッとした気持ちになっていた。

進学から就職へ転身したT先輩（一九六三年 九月〜一一月 一九歳）

初めての夏休み、私は九州の実家に帰った。

「また手紙書くよ」

「私も書くわ」

と言ってT先輩と別れた。帰省していた二か月間、私は二通の手紙を書いたのだが返事はこなかった。九月になってきた手紙では、あれほど進学希望だった彼が急に就職に転身し、新聞社の就職試験も終わったという。

《何が起こったのだろう、でも新聞記者は私の憧れの仕事だ》

三か月ぶりに会った彼は、痩せて一層冷たくなった感じがした。第一志望はダメで、結局X新聞社にしたと言い、就職転身の理由をあげた。

「コネにつながる学会や大学の在り方に限界を感じたこと、二八歳まで独り立ちできない研究者としての将来への不安、そして一人息子であるがゆえの親子の葛藤などなどだ……」

就職のコネのことで用事があるというT先輩に付いて嵐電に乗って太秦へ行き、その帰りに広隆寺を拝観し、「弥勒菩薩」に初めて対面した。繊細な体つきと柔和な顔つき、松の木肌の美しさが平和な天上を想わせる、慈愛に満ちた仏の姿だった。

ヤスパースが、「これほど平和で人間の実存の姿を写している仏は、他にはない」と言ったと、寺の案内書に書かれていたが、まさに穏やかな気持ちの人のみが作りうる傑作といえよう。

彼自身は今でも諦めきれない様子で、吐き捨てるように言う。

「就職は人生の墓場だー」

就職決定後の虚脱感からか、大学院への志と教育行政改革の夢、それに立ち向かえなかった自己への失望感に悩まされてか、気力を失っていた。どんなに貧しくても、自分の思想に忠実に生きていく道を選ぶこともできたのだろう。しかし、《こんな彼を責める資格は誰にもない》と思う気持ちが強かった。

卒業と別れ（一九六四年 二月）

年も明けた二月、年度末試験の最中に久しぶりにT先輩から手紙が来た。過去の人になりつあった人がフッと前面に浮かんできたような感じがした。

とても冷たいかと思うと意外に温かい、温かいかと思うと気に障るぐらい冷たい。どちらが本当のこの人なのか分からなかった。最終的にT先輩への好意が消えたのは、やはり何か私に対する冷たさに抵抗する気持ちが働いていることは確かなようで、表情と同じく、心のどこかに冷徹な部分があるような気がするのだ。しかし、この人から得たものは莫大だったと思うし、感謝している。もはや、心の触れ合いは望めそうにないと思いつつ、最後はお互いに気持ちよい思い出を残して別れてこそ、過去に沈んでいく者にふさわしい態度だろうと、自分の気持ちを整理して会うことにした。

三か月ぶりに再会したT先輩は前よりも明るい表情をしていた。そして、しんみりと自分に言い聞かせるかのように、遠くに目をやりながら語った。

「就職に何の期待もないが、今年のオリンピックの終了を契機に、何かが勃発しそうな期待と、その時にこそ自分の良心に忠実に行動できる、そんな期待を抱いて就職していく。いざという時がやってきた時、思想がはっきりと二つの道に分かれる。一九六四（昭和三九）年から一九七〇（昭和四五）年の間に、少なくともそれがハッキリしてくるだろう――」

「教養時代の授業はやはり大切だ。僕の経験から言っても独学だけでは足りないと思う。

考え方が固まってくるのは二回生の夏頃からだ、来年の過ごし方がある意味で一番大切な時期になってくると思うから、君も頑張れよ！」

「どんな学問をやるにしろ、自分のためだけでなく、すべての人が人間性を回復する方向へ、現実の社会を前進させるための学問としてやることが第一だ。研究内容とともに、いや、むしろその成果の活かし方こそが大事なのだ」

こうして、さまざまな矛盾に悩みながら、彼は社会という荒波に漕ぎ出していった。私にとってのこの一年は次の始まりへの一つの終わり、決して無駄な時間だったのではない。来年を一生で一番有意義な時間にしようと心に誓って、先輩と別れた。

理性に支えられた敬愛

一九歳の私は、物まねで言葉を覚えていく赤ん坊に過ぎない。T先輩のあの安定した落ち着きはどこからくるのか、いつも現実を見つめて離さないあの眼差しは、どこにその力の根源があるのだろうか。自分では強いと自負している私が、T先輩の前ではなぜこんなにも自己を失うのか、そのことに腹が立つ。心のどこかでこんな交際止めてしまいたい、彼のあの冷たい目から、心から逃れたいと思う一方で、あの冷静な強さになぜか引きずられていく自分を感じていた。T先輩には全面的にはついていけなかったが、この人の信念を貫こうとする態度には見習うところが多かった。この人の人生はこの思想ゆえに、今の社会では幸福になれないかもしれないが、良心が安らかであること、それが彼にとっての一番の幸せなのだろうと思いつつ別れた。

二回生になった春、妙にT先輩を思い出す。今日は労音で、ほとんど暗記しているベートーベンの交響曲第五番「運命」を聴きながら、T先輩の言葉を思い出して胸が締め付けられそうだった。常に私を励ましてくれた調べ、あれほど私に力を与えてくれた曲はなかった、そして将来もそうだろう。大の字になって溢れる涙を拭おうともせず聴いていた中学時代の自分の姿が切なく浮かんでくる。

「試験が終わったら手紙を書きます」と約束したのに、私はなぜか手紙を書かなかった。慰めや励ましの手紙を書こうとしたのだが、なぜか書けなかったのだ。T先輩との付き合いには楽しいということが少なかった。あれほど思想面での影響を受けたのに、私の眼に映った彼は理知的で神秘的だったが、なぜか人間的な匂いがしなかった。《愛は失って初めて感じられるものだ》と教えてくれた彼への私の感情は、愛だったのだろうか、尊敬だけだったのだろうか。今頃、どこにいるのだろう、多忙な中で何を考えて生きているのだろう。すべてが私からは遠いものになっていき、情熱が急速に冷めていくのを感じていた。

T先輩への不信感（一九六四年 八月 二〇歳）

T先輩が卒業して四か月後、私が二回生の夏休み前、その日は悲しい一日だった。京都育ちの親友のK子と学食で昼ご飯を食べていた時、K子がハンドバッグから手紙を取り出しながら、「相談したいことあるんやけど……」と目を向けてきた。彼女が取り出した手紙の文字、久しぶりに見るその筆跡に目が走った。まさかそこからT先輩の手紙が出てこようとは、誰が想像しえただろうかー。

今日、新入生コンパに行く。K嬢、なかなかの美人なり。自分と文通してほしい……。

自己紹介の後に、あの新入生コンパの日の日記からとして綴られた手紙の文面を見せられた時の、私の心の混乱は何だったのだろうか。下宿にたどり着いたことさえ思い出せない、それほど動揺した自分がいた。私の中にT先輩との完全な別離の気持ちが確立していなかったからだろうか。その相手が親友だったからだけではない、彼が何を求めて親友に接近したかを知ったからだ。K子への手紙にあった、〈思想の勉強なんかするより、ピアノでも一生懸命やった方がずっといいよ〉というT先輩の言葉に衝撃を受けた。手紙によると、X新聞社では整理部という雑用係に配属され、現実の前に虚無的になっていったようだ。

私は忠実な生徒であった。交際してくれることに感謝していた。決して楽しいだけの時間ではなかったが、あの時期の私にとって、必要欠くべからざる大切な時間だった。

今、私の心を苦しめるのは《私が彼を理解できなかった》ということだ。こんな面を持つ人だということを見抜けなかった自分に対する嘲笑がたまらないのだ。すべては終わった。私の心に生きていたあの思慮深い思想家像は粉々に壊れ、敬愛は無残に散っていった。

心の弱さを受け容れること

この経験は私に深い傷を残したが、同時に多くのことも教えてくれた。自分の思想や信念が現実の中に放り出され挫折した時、純粋であるほどそのショックは大きいのだ。それは同情すべき姿であり、過去にどれほど多くの青年が悩み、苦しんできた道であったことか。その時、人間のとる道は三つあるだろう。辛さに耐えて信念を貫くこと、その思想を持ちながら妥協して、生きるために自分を変えること、矛盾に耐えられず死を選ぶこと。T先輩も理想と現実の矛盾に悩み、彼なりに、多くの人が選ぶ第二の適応の道を選んだのだ。それを責める資格は誰にもない。それはまた、将来の自分の姿かもしれないのだから……。

「やらねばならないことがたくさんあって、今は男女交際なんて考えられない。四〇歳頃になったら結婚できるかも……」と言っていたT先輩が、就職してからたった四か月で、ピアノの得意なK子に交際を求めた行為の中に、彼の思想や信念がどんなに傷つき、挫折させられたかを想像してみた。すると、突然、去年の春に、女友達のM子から言われた言葉が蘇った。

「あんたは男の人を弱い者、同情すべき者として見たことあらへんのとちがうか……」

大きな挫折に直面した先輩が社会に適応していくために、理性だけでは埋められない心の温かさ、自分の弱さを受容し癒やしてくれる「弥勒菩薩」のような優しい愛差し(まなざし)で見つめてくれる相手を求めて、K子に接近していった気持ちが分かるような気がしてきたのだ。

冷静になってみると、T先輩が就職を選んだことに対する寂しさに共感し、彼の弱さを優しい愛差しで受け止めてあげられなかった私。やはり、最後には、記憶の底に沈んでいく人間として、もっと慈愛をもって別れを告げるのが礼儀だったのではないか。そして、《もっと愛他的な感情を持つことのできる人間にならねばならない》と思うようになったのだった。

自分の気持ちに納得すると、何か月も悩んでいたことが、心の変化によってほんの二〇日足らずで忘れられた。「忘れること」、それは神が与えたギフトなのかもしれないと感謝する気持ちになっていった。長い目で見れば、敗北の青春というものにも真理があるのだろう。過去は過去、過去は未来にとって意味がある限りにおいて、価値があるのだろうから。

T先輩と親友K子のその後（一九六五年一月）

K子がT先輩と文通を始めて四か月が経った頃、K子からまた相談された。先日、K子はT先輩に、〈あなたにとっては何の利益もないから、文通を止めてもかまわない……〉という手紙を書いたという。するとT先輩から突然のプロポーズの手紙が届いたというのだ。その手紙には、失恋した昔の音大生のことや私のことまで書いてあったそうだ。「何と返事を書いたらええと思う?」と彼女が聞くので、「『四か月ばかりの文通だけなのに、軽はずみではありませんか?』とでも書いてみたらどう?」と言うと、「そないなことあたしには書けへんー」と首を横に振った。

その頃から、K子はT先輩とデートをするようになっていったようだ。T先輩はK子を失うまいと必死らしい。それに合わせるように、K子もだいぶ本気になってきた様子が伝わってきた。去年は私と会っていた喫茶店で、今年は私の親友と向かい合う、これも青春の現実なのだ。


二人の交際が半年経った頃だったろうか、彼女がとんでもないことを私に言い出した。

「あたしが十の力を出すとこ、彼は二、三の力より出してへん。なんか操られ、遊ばれているみたいで気になり始めてん……、遊び半分のように感じて交際が嫌になってきてん。この頃、あたしよりあんたの方が彼にふさわしいんちがうか思うねん。もういっぺん付き合ってみたらどない?」

「とんでもない! そんな気持ち少しもないわ。もうとっくに終わったことよ!」

K子の言葉に傷つき、かつ腹が立って、私は思わず大声で叫んでいた。

六か月の交際を通してK子は次第に悩みを深めていき、年が明けた二月に一緒にスケートに行った帰り道、決心したように話し始めた。

「T先輩との交際を止めたん。交際、だんだん重荷になってきてもうて。学生時代にこんなんに精力費やしたない思い始めて……」

悩んでいる娘を見て、どうやらK子の母親が手紙を出して断ったようだという。結局、彼女も彼にとっての「弥勒菩薩」にはなれなかったのだろう。

「一九六四～七〇（昭和三九～四五）年の間に、思想がはっきりと二つの道に分かれるだろう」と言ったT先輩の予感は、一九六八～六九（昭和四三～四四）年の全国的な大学紛争の広がりとして現実になった。これを機に、T先輩にとっての「良心に忠実に行動できる新しい時代」が到来したかは定かではないが……。

第三章　友愛――C君との再会・別れ

Ｃ君は高校の同級生、同じ大学で四年間を共にした男友達だった。議論や皮肉を楽しみ、よくケンカもしたけれど気の置けない親密さを感じる人だった。語らずともよく分かり合える姉弟みたいな仲、私にはそんな感じがしたが、「愛される幸せ」を教えてくれた最初の異性であり、かすかに疼く痛みを与えて別れていくことになった人だった。

Ｃ君との再会（一九六四年　四月　一九歳）

Ｃ君との出会いは高校三年生、四〇〇人を超える男子に女子生徒は三〇人、勉強中心の九州の県立男子進学校である。女子のいるクラスは一〇クラス中の二クラス、この二クラスに入るのが男子生徒たちの夢だった。

三年生の春の運動会、仮装行列で同じグループになったことがきっかけで、Ｃ君との交際が始まった。学校で禁止されていた映画『ウエストサイド物語』を二人で観に行って、生徒指導教諭にバッタリ出くわして困惑した記憶がある。大学受験を控えて同じ数学塾に通い、お互いに教え励まし合い、そして慰め合う良き友達だった。

前の年は一緒に受験したのだが、Ｃ君は浪人した。「来年も京大を目指す」と言っていたので、彼の浪人中に、大学の様子を伝えた励ましの手紙を一度出したのだが、その返信はいかにも彼らしいものだった。

やっぱり僕なりに適当に勉強し、適当に遊んで、適当な成績を取って……という浪人生活しかできなかった。でも、あっけなく過ぎた中にも学ぶところはあった。今頃になって真面目にやるべき時は真面目になることができるようになった。ぶつかってみて俺はこれだけなんだ、それをどう受け取ろうが君の勝手だし、俺の知ったことじゃない。僕の詰め襟に大学の校章がついてから会える日を楽しみに勉強します。

（Ｃ君から私へ）

私が二回生になった春、Ｃ君が一年遅れて京大に入学してきた。Ｃ君が入学してきてから学内でばったり会った四月末、詰め襟に大学の校章を付けた彼は標準語になり、幾分スマートになっていた。教科書を譲り、前年私が取得した講義の内容や教授の評価を伝えた。その時、彼は前年の私と同じ悩みを語っていた。

「なんのために大学に入って来たのか、よく分からなくなってきたんだ……」

春の初めてのデート、賀茂川堤は対岸の光が眩しく、半月の朧月、風が優しい夕暮れだった。突然つながれた彼の手に力が入り、生温かい感触が私の神経を揺さぶる。
そのまま歩きながら思う。《手をつないで歩くぐらいどうってことない。私はC君が好きだけど、それ以上のものにはどうしてもなれない。私がコントロールして付き合わないとお互いを傷つけることになりかねない。》
別れ際、別れの握手をしようとして差し出した私の手の甲に、C君がキスをしたのには少々面食らった。

C君に誘われて参加した六月の高校コンパ、女子は私一人だった。ある活動家の先輩が酔って発した言葉に気が滅入ってしまった。

「女は『人間の器』に過ぎない。京大の女子は容姿では女子大生に、知性では男にかなわない。結婚相手を探すために京大に来ているのだから可哀そうなものだ」

飲むほどに九州男児特有の醜態が始まる。これが男性の本来の姿ならば、全く寂しい限りだ。男性にはこんな一面もあるのだと勉強にはなったが、《二度とこのコンパには出ない》と誓って立ち上がろうとした時、C君が耳元で囁く。

「そろそろ帰った方がいいよー」

学生運動に悩む

それからしばらくした休学日、C君と宝ヶ池でボートに乗り、初めてのビアホールを楽しんだ。入部した剣道部のこと、講義や教授についての感想などと並んで、学生運動の理論と方法の是非、現実の活動をどのように考えて取り組んでいけばよいのか、一回生が必ず通過する課題や悩みについて、C君と長い間語り合った。

恒例になっていた「憲法改悪反対」全学集会後の雨の中のデモ行進、デモ隊の中にいたC君がビラ配りの私にメガネを預けに来て、声をかけた。

「気をつけろ。ケガするなよ！」

「あなたもねー」

気遣ってくれる彼の気持ちは有り難いのだが、《今はお互いに迷いながらも寂しいのだ、そんな寂しさの中で触れ合いを求めている二つの個体、そう思えばいいのだ》と自分を納得させようとしていた。

夏休み、C君は九州の実家に帰った。家業の母親の手伝いで、三〇キロの豆腐を自転車で売り歩く経験をした彼からの手紙が届いた。

こんなことをやってみて、一つだけ賢くなりました。片手間の労働さえ本を読んで考える気力を失わせるのに、毎日命がけで働いている労働者が本や新聞から学んで行動する余裕があるだろうか。浮わついた気持ちで社会変革を語り、ストやデモをすることが恐ろしくなってきた。いま、学生運動のセクトに勧誘されて悩んでいる。分派活動に精力を費やし、英雄主義に過ぎないような気がするし、自分が学生運動を続けていけるか、決心する時期にきている。無関心な人を扇動していくだけの力が自分にあるのかと思うと恐ろしくなるのだ。

（C君から私へ）

去年の私もそうだった、真剣に考える人たちが必ず突き当たる壁なのだ。青春が通過せざるを得ない関所なのだ。苦しみ悩み考え抜こう、決して逃げられない課題なのだから。私たちの話は、いつも社会革命、学生運動のことだ。彼について、それ以外の何を知っているだろう。でも、なぜか、自分を開いていけるような予感がする人なのだ。

人を信じるということ（**一九六四年 一〇月 二〇歳**）

二回生の初秋、私はT先輩のことがまだ、心に引っかかったままだった。一緒に受講している政治学の試験教室で、憂鬱そうに見えたのだろうか、笑いながらC君が尋ねる。

「また、例の君の憂鬱病が始まったのか？」

試験終了後の四時半、吉田神社の石段を上がる。しっとりと濡れた木々がちょうどよい落ち着きを含んでいる。ほんのりと霧がかかって流れる山に、C君はすでに来ていた。夏休み明け初めてのデートだ。

「待たせてしまった？　試験できた？」

いかにも学生らしい会話を交わしながら、稲荷の赤い鳥居の下の石段を二人の靴音が並んで響く。彼は無関心に前を向いて歩き、半歩遅れて私は下を向きながら進む。

《この二週間あまり、私をむしゃくしゃさせていた心の重荷、青春の残酷さを物語る話を残らず話してしまおう。馬鹿らしいと思いながらも、彼はきっと聞いてくれるに違いない》と思いながら打ち明けた。

「この頃、人が信じられなくなってきたー」

「じゃあ、君は俺も信じられない？」

C君が微笑みながら眼を向ける。

「さあね～」

私は曖昧に笑って逃げた。それ以外、答えようがあっただろうか。

「そんな人は君にはふさわしくない。早く忘れた方がいいー」

「俺は人を信じる。今、少なくとも二人信じる人がいる」

「女の友情は支え合っている二本の木だが、男の友情は互いに伸びた二本の木だ。だけど、男女の友情にはいろんな形があるだろうと俺は思っている」

「自分の性格について考え突き詰めていくことは、自分を甘やかしていることと同じだ。俺には、何か問題が出てきたら全力を絞って立ち向かうだけの気力がある。君は外ばかりに心の支えを得ようとして、いつも自分をはぐらかしている。

君は考えすぎて行動しないが、俺は走ってから考えるー」


C君が突き放して言ってくれた言葉に、自分を再認識させられた。私も人を信じる、やはり信じなければ生きていけない。冷たい世の中に、温かい心の支えというものが私たちには必要なのだ、それを渇望している青年がなんと多いことか。現実にかこつけているだけではいけない、勇気をもって、大地を踏みしめて歩んでいこう。初めて、《自分の信頼をこの人に賭けてみようか》と、ふと思った。

半年間の彼の成長は頼もしい限りだった。一〇月の労音の音楽会を一緒に聴いた後で、岡崎の美術館前のベンチで、彼の横顔を見ながら私は問うた。

「なぜ私と付き合うの？」

　彼は答えなかった。その答えを沈黙の中に捉えることはできなかったが、《友情を信じて付き合う中で、互いに成長していければそれでいい》とその時は思っていた。

友情が愛情に傾きかけて（一九六四年　一二月）

「いつまで京都にいる？　二四日、空いてるか？」

　クリスマスイブ、私は彼の好きな「ダニーボーイ」の曲が入ったオルゴールを贈った。彼は餅運びのバイトで稼いだという五千円でプレゼントをしてくれるという。（当時の下宿代や家庭教師のバイト代が月四千円、半期の授業料が六千円だった）。C君は「君には真珠が似合うと思うよ」と言いながら、私と一緒に恥ずかしそうに宝飾店を回り、やっと閉店間際に真珠の指輪を見つけて、ホッとした顔になっていた。バイト代で買ってくれた学生には不似合いな額のプレゼント、そこに彼の気持ちが痛いほど感じられた。

　その後訪れた洋酒喫茶のドアを押す時、喧騒が耳をつき、場違いな雰囲気にふと不安になって見上げると、そこには竹刀を振る真似をしてみせる彼がいる。

「大丈夫だよ、俺がついてるー」

その日は二人とも飲みすぎたのだが、「気分が悪い」と青い顔になったのはC君の方だった。夜風に当たって酔いを醒ましながら、四条通りから烏丸通りへ、御池通りへと肩を組んで歩く頃には、日付が変わった。

「『雨降りお月さん』を歌ってくれないか? きのう、この歌をラジオで聞いていたら無性におふくろを思い出して、家に帰りたくなったんだ……」

殊の外、星が美しい半月の夜だった。二人でその歌を合唱した後、彼が歌う「ダニーボーイ」の低い調べが、人通りの絶えた街に静かに流れる。この歌は確か、出征兵士の母親の切ない心情を表現した歌だ。

Oh Danny Boy the pipes, the pipes are calling
From glen to glen and down the mountain side
The summer's gone and all the roses falling
It's you, it's you must go and I must bide

千本通りに出たらそこでお別れだ。肩にかけていた手に力がこもり、彼の腕の中の自分を、抱き寄せられた頬に彼の唇を感じた。とっさに身を避け、彼から視線を逸らす。

「涙が出ちゃうわ……」

彼の眼が私の眼を捉え、次の瞬間、彼の腕の中で火照った二人の頬を感じた。

「さよなら……」

「さよなら……」

反射的に、二人は正反対の方向に歩みを進めていた。


頭が火照って涙がにじんでくる。久しぶりに生きている幸せを感じて、眠れなかった。あの情景が脳裏に焼き付いて離れない。動くとこの幸せが飛んでいってしまいそうで、そのままじっとしていたかった。幸せだと思うのになぜか無性に寂しくもあり、布団の中で静かに讃美歌を歌った。

クリスマスイブは今までになく優しかった。あんなに激しい調子で私を求めたことは初めてだった。そして、私の今後の行動に二人の関係が掛かっていることを突き付けられた。そろそろ態度を決めなくてはならないようだ。生きるということは、開かれた道のどれかを選ぶ賭けをすることなのだ。

冬休みが明けた頃から、角を曲がるとC君にばったり出くわしそうで、一日中落ち着かない日々が続き、構内で見かけても距離をとるようになっていった。こうしなければならない自分に説明がつかないのだが、今日も姿が見えたが、そ知らぬ顔をして彼から逃げた。

その頃の大学生は、歌声喫茶ではロシア民謡を歌い、ロシアの小説や詩を読んでいた。その中に、日本人の社会活動家が書いた「美しい恋をしなさい」という詩が目についた。恋愛相手として考えられない今の私には、一つの恋の前にはたくさんの友情があり、私たちの関係もその一つであってほしいと願う気持ちが強かった。《二人の友情が少々愛情に傾いたところで、大した違いはないのではないか》、C君から少し離れて考えてみようと思うようになっていた。

美しい恋をしなさい

美しい恋をしなさい
でも　あわてないで
その前に　美しい友情をお持ちなさい
恋は一つしかないが

友情は　いくつあっても　あまることがない
ロシアでは　仲のいい若者と娘が
かたく抱き合って　ホッペタにキスをする
唇にさえ　軽い友達のキスをする
友情さえ通い合わないような
かたくなな若者の胸に　娘の胸に
友情よりももっとか細くてもっとはげしい恋心が
どうして通い合うことができるだろうか

美しい恋をしなさい
でもあわてないで
その前に　美しい友情で
あなたの胸を　もっと広げておおき
美しい娘よ　かわいい娘よ
明日を前にして　ほほ笑んでいる娘よ

（ぬやまひろし『働く若者よ誇り高く』週刊わかもの社　一九六一年）

姉弟みたいな愛（一九六五年二月〜五月）

二月になると、一か月にわたる学年末試験が始まる。構内で出会った時、C君が哀願するように私に頼んだ。

「明日、試験のノートを借りに行きたい。剣道部が忙しくて、単位が取れそうにないんだ。お願いだ！」

《やっぱり私はこの人に冷たくできないようだ》と、その夜、活を入れようと電話をしたのだが彼は留守、あれからどこへ潜んだのだろう。ところが次の日の朝八時、まだ床の中にいた私の下宿の部屋に、切羽詰まった様子でC君が飛び込んできた。

「今日の経済学の試験を教えろー」

今日は七科目の試験があり、他人のことなんか眼中にないらしい。《甘やかしすぎたかな》と思いつつ、ふと優しい気持ちになっている自分自身が不思議でもあった。

C君が一回生を終えた春休み前、九州に帰ってもきっと便りの一つもくれないだろうと思い、出会った時計台の前で言葉を交わした。

「あなたはふわふわシャボン玉みたいに飛んで行ってしまって帰ってこないから、どうせ手紙もくれないでしょうからねー」

「お望みなら書きますよ！」

するると、春休みの一週間に五通の手紙が舞い込んだのにはさすがに驚き、そして苦笑した。私たちは若きよきお友達、姉弟みたいに愛しているけど、恋ではない、そんな感じだろうかと思わず微笑みがこぼれる。《今は、お互いに寂しいだけなのだ。決して自分からは近づいていかないこと、友達の域を超えないこと、その中でお互いに成長していけたらそれでよいのだから》と心を決めた。

C君が二回生になった風が冷たい春の午後、道場の壁にもたれた剣道着姿のC君が、テニスコートで試合をしている私をじっと見つめる視線を痛いほど感じていた。その夕方、部活帰りの路面電車の停留場でC君に遭遇する。この頃から、彼は剣道部のマネージャー、私は女子テニス部キャプテンとして忙しくなっていた。

「こんにちは、キャプテン！　運動部の信頼はやはり強いということだから、僕らは強くなければならない、だから練習をしっかりしなければならないんだー」

そして、「君のプレーはまああだけど、よく見ると半分は知能犯だねー」と、褒めているのか腐しているのかわからない言葉を続けてから、C君が悩まし気な顔で言う。

「去年のキャプテンもマネージャーも、部活が忙しすぎて彼女に振られちゃったんだ。だからキャプテンと二人で、今年はその二の舞にならないように気をつけようと話している」

三条大橋を抜けて、二人で手をつないで歩いた。月も星もない夜空、二人で歌う「二人の星を探そうよ」のメロディーが静かに夜の静寂（しじま）を漂っていく。

《この人を信じよう》と祈りたい気持ちで思っていると、彼の低い声が響く。

「俺が失恋したら、飲みまくってしまうだろうな。そして失恋相手を思いっきり竹刀で殴ってやりたい。剣道が上手くなるよ、きっと！」


いつまでも友達で！（一九六五年一〇月　二一歳）

それから半年後、私が三回生の一〇月、久しぶりに賀茂川堤を歩きながら、二回生のC君から突然、愛の告白らしきものを聞いた。その頃私は、将来結婚することになるNさんからのプロポーズの返事に悩み抜いていた。Nさんとの結婚が、一生、仕事を続けたいと思っている私の条件を叶える結婚なのか、決断できない心境に陥っていた。

「いま、結婚の返事を求められている人がいるの……」

三日後に短い手紙が届いた。私の日記にその文面が書き残されている。

大声でわめいて、畳の上を泣きながら転がったらさぞいい気持ちでしょう。でもそれはしません。僕はもっと強いはずですから。

この手紙が着いたら、夜、外へ出たくなったから出したのだと思ってください。そして読んだら破いてください、必ず！　何か自分の心を哀願しているようで、僕のどこかの神経がビリビリと痙攣するのを感じる。

（C君から私へ）

自分ではどうしようもない時に、寂しさを表さない人間がいるだろうか。去年の私もそうだった。それが人間なのだ、人間の弱さなのだ。何度も読み返して、手紙をビリビリに細かく裂いた。そうする以外、この心の感染から私自身を保つ術がなかった。そして読みかけの「マックス・ウェーバー」の本を持って図書館に直行した。

一か月後、再度の長い手紙が送られてきた。

いつかは言おうと思っていました。言ってしまえば今までの状態とまるで違うものになることは分かっていました。「否」という答えが出るのが恐ろしかったのです。でも何も言わないでこのまま、「さよなら」と言われた時に後から追いかけてそれを言うほど、自分をみじめにする勇気は僕にはありません。「はい、さよなら」としか言えない人間です。でもそれを言ったら、後でもっと苦しいと思います。それで先日言いました。自分の苦しみをできるだけ少なくしたいという利己心からでしょう。

今、ジャーナリストになりたいと思っている。弾丸の飛び交う中で何の関係もなく死んでいく、死ぬ以上の苦しみを舐める人たちの本当の姿を見て書きたい。世界の人たちに、戦争というものがどれほど残酷で非人道的なものかということを叩き込んでやりたい。いつ死んでしまうか、いつ消息不明になるか分からない仕事だ。しばらくは結婚なんて考えられない。

それからもう一つ、僕はF・M（私のイニシャル）が好きだ。二人で幸せになれたらと思う。しかし男に生まれた以上、何となく生きて何となく死ぬのは嫌だ。とすると、いつかは賭けをしなければならない。大きなものかもしれないし、もっと小さなものかもしれない。どっちにしろ、生命を張った賭けだ。

君には自分が一番幸福だと思う道を歩いてもらいたい。他のことは何も考えずに、ただ自分の幸福だけを考えて選んだ道を歩いてほしい。その道が俺を突き放すような道でも構わない。人間は結局、最後に頼りになるのは自分だけだろうから。俺はもっと大きな心で愛していたい。

しかし、何もかも自分で背負い込むには、僕たちは若すぎる。一人で耐えられなくなったら、話しかけてくれ。その時は親身になって考えてやれるだけの大きな強い心を持ちたい。いつまでも友達で！

（C君から私へ）

C君との別れ（一九六六年一一月　二二歳）

それから一年後、私が四回生の晩秋、久しぶりにC君から連絡があった。彼には私の心を確認するという目的があったのだ。

彼に積極的に意思決定を迫った同学年の女子学生がいるという。そして八月の夜の浜辺で、彼女の言葉を聞いたというのだ。

「どこまでもついて行ってはいけない？」

その言葉にそれなりに感動し、C君は彼女にキスしたという。

「それから彼女を愛そうとするのだが、あまりに可愛すぎて、自分が挫折すれば一緒に倒れてしまいそうな物足りなさと不安を感じる……」

そして、初めて彼は自分の口から私に問い質した。

「結婚の返事を求められている人がいるって言ってたけど、その人との結婚を考え直すことは決してないのか？　真実その相手を愛したのか？　しっかりと幸せをつかめる自信があるのか？　そのことを尋ねるのは結局、自分のためだ。今のように君が自分の心にいる限り、俺の幸せをつかめない場合があるからだ。二番目に好きだと思いながら彼女を抱く自分に耐えられないからだ」

被告になったような気持ちで聞きながら、私が言うべきことはただ一つだった。

「自分の心に忠実に愛し、幸せになれるかどうか分からないけれど、後悔しないだけの覚悟はできているつもり―」


その夜は長い時間歩き、高校時代を語り、パチンコをして、飲んで心の洗濯をした。彼はまるで独り言のように言ってくれた。

「人の愛を信じなければいけない。君は理屈ばかりでしゃべっている。温かい感情を持っていながら、どうして言葉に、態度に出して表現しないのだ―」

「君はその相手に心から甘えていかなきゃダメだよ。その時、理性は捨てるんだ！　君がそのままじゃ不幸になりそうで心配でたまらない。君には幸せになってほしいから……」
「いい思い出だったし、自分が君によって、随分進歩してきたと感じられる。冷静に今思えるのが、不思議なくらいなんだ」

別れの時、下宿に近い詩仙堂への細道で、最後に私は言った、私から言ったのだった。
「勇気があるなら抱きなさいー」
彼は激しく抱きしめながら、言い聞かせるように静かに言う。
「あんまり我を張って不幸になるなよ、いいか！　きっと幸せになるんだよ。
さよなら……」
精一杯の気持ちを込めて、私も応える。
「あなたもね。あなたの幸せをつかめるわね。この瞬間はもう過去のことなのよ。
さよなら……　ありがとう……」

C君について私の心を正直に語れば、高校三年生からの付き合いの長さだけでなく、人間としても温かく、物怖じしない男としての彼が好きだった。難解な私との会話を楽しみ、皮肉ってくれたよき友達だった。そしてこの四年間、他の男性とは違った親密さがあり、お互いのことをよく理解し合っていたと思う。異性との関係は、精神的な愛のみでは維持できない限界があるのだから、これでよかったのだろう。その夜、二年前のクリスマスイブ、あの日にC君がくれたプレゼントのケースを封印して、押し入れの奥深くに仕舞った。

かすかに疼く青春の傷（一九六七年 五月～一〇月　二三歳）

私が大学院に進学し、C君が四回生になった五月、貸していた本が至急必要になって、就職活動で忙しいというC君の下宿へ取りに行った。就職試験に向けて、新聞のスクラップの中に埋もれているその姿は、もはや半年前の彼ではない。その部屋はまさに戦場のごとし。さすがに手を出さずにはいられず、食器やごみを片付けて掃除し、新聞社の試験問題を一緒に検討した。

「頑張ろうね、お互いに！」

帰ろうとして握手の手を差し出すと、そこにはメガネをずらして目頭を押さえているC君がいる。その瞬間、弾かれたように私は彼の部屋を飛び出していた。私も泣きそうだったから……。私の中の母性だろうか、それとも寂しさへの共感だろうか、相手が誰であれこうした心の触れ合いに無関心ではいられない。彼も苦しい思いを何度も味わい、涙した日々があったことだろう。みんな弱い人間なのだと思う心に、ふと明るいものを感じる。

それから三か月後、C君から「無事、Z新聞社に内定した」との電話があった。

C君の卒業まで半年になった初秋の夕方、テニスコートに続く道で久しぶりに出会い、就職祝いを兼ねて飲みに行った。C君がしんみりとつぶやいた。

「就職決定を喜んでくれて、彼女は早く結婚したいと言うんだ。全面的に頼られるのは嬉しいんだけど、責任が全部自分にのしかかってくるようで、精神的にはすごくきついんだよなー」

「相手にすべてを預けられて責任を感じて不安になる、その気持ちはよく分かるけど、昔、あなたが私に言ったことを覚えている？　『女は支え合う二本の木、男は互いに伸びた二本の木、だけど男女にはいろんな形があるだろうって……』

あなたたちの二本の木も、話し合い確かめ合いながら、時間をかけて二人の形を作っていけばいいんじゃないの？　あなたたちならきっとできると思うけど……」

「一度、彼女に会ってくれないかー」

「それはやめた方がいいと思うよー」

とっさに私は断った。彼女の気持ちを想うと私の出る幕ではないし、二人の関係に関わることをためらう気持ちが強かった。

巡り逢いは素晴らしいことだが、別れは心の髄に痛々しいものだ。こうしたプロセスは青春の華、心の奥にかすかに疼く痛みを残して「青春」という二文字の中に埋もれていくことだろう。将来、もう一度彼に会える日があるなら、やはりかける言葉は「ありがとう」の一言以外にはない。

彼は過去に執着しない人だ。これからも未来に向けて前進の姿勢を止めないだろう。彼との友愛は終わったのだが、それでも彼と彼女の幸せを心から祈りたいと思った。そして、C君の友情に応えて、私自身も将来に向けての覚悟を心に誓った。

第四章　礎としての愛——Nさんとの青き日々の物語

(一) 礎としての愛――京都に抱かれて

二回生の初夏の頃、T先輩への不信感を拭えないまま、私は心身ともに萎えていた。ここから抜け出すためには、身体を動かす以外に術はないと感じてテニスに没頭していった。クタクタに疲れて、何もかも忘れて深く眠りたいと願った。そして、桜吹雪が舞う春、夏雲が立つ茜色の夕空、秋風の吹く蒼穹のコートに魅せられていった。

そして、コートで生涯の伴侶となるNさんと巡り逢った。東山、栂尾、髙雄、嵐山、北山、大原……。四季折々の郊外の寺々を、人通りの絶えた都大路をひたすら歩き、愛を、哲学を、人生を語り合い、お互いを確かめ合って慈しんだ。京都は、若者を感受性豊かな哲学者や詩人に変身させる魔法の場所だった。

出会いは夏のテニスコート（一九六四年 七月～一二月　二〇歳）

入部した頃、女子コーチをしていた男子部員の一人がNさんだった。Nさんは二つ年上の一浪の三回生、他己紹介した部誌によると彼は「一匹狼」とのことだ。

『若き情熱に溢れ、部きっての親分肌。下級生の面倒をみるし男女を問わず顔が利く。スケールの大きさは自他共に認めるところであり、広い顔はますます広くなったのだ。ただ、レフティーの彼の日本語は部きっての難解をもって知られ、よく聞くと正論で聞くべきところは多々あるのだが、一匹狼を自認する彼は他人の思惑など意に介せず驀進する。そこにホルモンが発散し、男の魅力が爆発するのだ。』とあった。

少し経験があったからか、にわか前衛の私が思いがけず女子部キャプテンとペアを組まされることになった。辛かったけれど、《このキャプテンと勝つ試合がしたい》と痛烈に思った。夏の試合シーズンを控えて、前衛とバックストロークを中心にNコーチの熱の入った指導が続き、私はフラフラになりながらも、痛いほどの真夏の太陽が射すコートに魅せられていった。

インターハイ出場経験をもつキャリア十年のNさん、秋の試合に向けて一人ひとりのフォームから見直していく彼の指導は、時に厳しいものだった。

「あなたのフォームは見ていて美しくない。つまり不自然だということだ」

試合中、怒鳴られて唇を噛むこともあった。

「自意識を捨てろ。勝負はそんなに甘いもんじゃないぞ。君は繊細すぎる。もっと大胆なところがあるはずだ」

逃避のために始めたテニスに結果を求められ、苦痛に感じ始めたシーズンの終了とともに、私は来年のキャプテンに押され、Nコーチとの接触が避けられなくなった。Nさんはレギュラーに戻ったが、合宿の相談や指導にも来てくれた。

交際のきっかけ—知恩院の石段で（一九六五年 三月 二〇歳）

春休みは新入生部員の勧誘活動が活発になる。その手伝いをしたお礼にと、Nさんから半年前に終わった『東京オリンピック』の記録映画に誘われた。その後、一週間後に迫った春合宿の相談をするために、初めて二人で夕食を共にした。彼の就職や理想とする結婚についてなどプライベートなことを聞いて、女子部員への印象を知ったのだった。

「結婚の目的は生活のため、子どもをつくるためだという友達が多いけど、僕はもっと深いものを求めている。一緒になることで生きるエネルギーを作り、互いに高め合っていくような、そんな結婚がしたいと思っている」

「テニス部には底抜けに明るい女性が多いのに驚くが、君はちょっと違っている。君はよく理屈を言うから女らしさがないと言われるのだろう。そして、皮肉も言うしさ。人間はシンプルな方がいい。僕はシンプルな人が好きだ。シンプルと単純は意味が違うけれど……」

春とは明るい外観の内に、秘めたる孤独をもつもののようだ。その日は小雨の降る、春には冷たい夜だった。円山公園を抜けて知恩院の水銀灯の美しい石段の道で、私は目を閉じてNさんの平手打ちを頬に受けた。

Nさんは「アホ」とか「バカ」とかつぶやきながら、撫でるような平手打ちを三発、私の頬に張った。その時、私は急に悲しみに襲われた。彼が激しくぶってくれるのを期待していたのだから……。

「あなたも結局、私を甘やかしているじゃない！」

「君が女でなかったら殴るよ。分かっていると思うからもういいだろう……」

「中途半端に人に甘えるなって言ったこと、どうして実行しないの！」

「こっち向け。殴ってやるよ！」一、二、三発……。

苛立った声がして、二度目は少々きついものだった。私は痛いというよりむしろサバサバした気持ちになり、《初めからこうしてくれたらもっと気分がよかったのに……》と思いながら、頬に手を当てたまま、石段を下りた。

後から悩まし気な声が下りてくる。

「君も殴れよー」

その時、私の心に一瞬、憎しみにも似た感情が湧いてきて、白い手袋をした私の手が、彼の頬に一発、弧を描いて飛んだ。その反動かのように、私は石段をかけ下りていた。

再び後ろで、むしろ寂しそうな声がする。

「怒っているのか？」

「ううん……」


恋のきっかけは微妙なものなのだろう。よく思い出せないのが不思議だが、多分、二人の間に次のような言葉の応酬があって、私の挑発にNさんが反応したのだろうか……。

「甘えを武器に使う女も多い。そんな女を見ていると僕はぶん殴ってやりたくなる」

「今みたいな気持ちの不安定な時には、私もきっとあなたに甘えてしまうわ。そしたら、中途半端に人に甘えるなっていうあなたの信条に反するでしょう。今、あなたが言ったことを実行してみたらどうなの？」

こんな他愛無い、遊戯のような出来事が二人の胸の中にどんな感情を巻き起こしたのかうまく説明できないが、二度目の二人の時間とは思えないほど親近感を覚えたのは不思議なことだった。祇園の路地を抜けて歩く二人を濡らす冷たい春の雨、彼がふとつぶやく。

「君が僕の奥さんにでもならない限り、二度と会うことはないだろうな。僕は中途半端なことは大嫌いだ。このことに僕の結論をつけなければならないー」

突然のプロポーズ―神護寺（一九六五年 四月）

春休みの合宿が終わって三回生になった。半袖シャツの腕を春の柔らかな風が撫でて、日差しが胸に心地よい。春合宿の打ち上げの恒例は、部員全員での円山公園の夜桜見物だ。樹齢を重ねた見事な枝垂れ桜が水銀灯に輝き、かすかにその身を揺らしている。

円山公園から知恩院へ抜けるあの石段を、仲間から少し遅れて歩く。

Nさんはだんだん沈んでくる。

「どうなさったの？」

「思い出していただけさ……」

一種の悲しいほどの煌めきを秘めて、寂しそうにその目を向けた。

「明日、付き合え」

「私たち、このままそっとしておいた方がお互いに幸せなんじゃない？」

白川を渡る仲間の呼ぶ声が、前に聞こえる。

「明日一一時、高島屋の屋上で待っているー」

不機嫌にそれだけ言って、仲間の後を追う。

「一一時……」

おうむ返しに、私は応えていた。

次の朝、私は迷った末、遂に行ってしまった。どんな結果が出るのか、不安と期待に胸を痛めながらも……。子どもたちがはしゃぐ屋上で射的をしていたNさんが手を振る。日焼けした顔に微笑みがあった。

高雄行きのバス道は美しい桜並木が続き、その香りが風に巻かれて匂い立ってくる。

「今日は話がある」

「私も」

神護寺の階段は長く続く。空気が冷たく、清々しい。眼下ははるかに清滝川の細い渓流が見える。彼が投げる「かわらけ」が見事に弧を描いて、木立の中に沈んでいく。山際の空への緑がなんとも美しい。山と空の際をじっと見つめながら、Nさんは穏やかに話し始める。

「僕は、山をじっと見ていると自然に涙が溢れてくるんだ。時々こうした静けさの中に自分を置いてみることは素晴らしいことだ。

僕はいつも空を眺める、君はすぐ下ばかり見る。コートでスマッシュをして青空を見上げる時、この美しさのためにテニスをしても惜しくないような気がする」

「愛するってことはね、欠点に目をつぶることじゃない。誰しも欠点はある。それを受け入れることだ。君はいつも相手に質問して人がどう答えるか、嬉々として待ち構えているところがある。八方美人だってこともよく分かる。それを含めて受け入れることだ」

「この間、君を殴った心には憎しみなんか毛頭なかった。こうしたら僕の気持ちを少しでも分かってくれるかと思った。そうでなきゃあんなことするか、あんなたたき方ができると思うか？


春合宿中に、君が目を瞑ったあの時の顔が乱打中に浮かんできて困った。美しい顔だった。合宿中に考えに考え抜いた。でもあの夜にはもう結論は出ていたんだ！」

「あなたのこと好きだけど、今の私には、これが唯一の愛なのか分からない。あなたはすぐに結論を急ぐ、中途半端ではいられない性格の人だから、余計に怖いの。今、私一人に絞って怖くない？　もっと素晴らしい人が出てくるなんて思わないの？」

「思わない。君と結婚したい。僕の人生だもの、後悔しないように自分で決めたい。それに来年卒業だから、そんなに責任のないことは言ってないつもりだ」

「私は大学を出たら、一生仕事をするつもりだから、あなたの想うような家庭生活は無理かもしれないわよ」

「生活力のある女性ならばむしろ幸せだ。君の好きなようにすればいいよ」

「お願いがあるの。万一、お互いに愛せなくなった時は仕方がないことだから、はっきり言うことにしてほしいの」

「君はいつもそうやって逃げ道を作って、自分を縛っているんだな」

この人は私の欠点に目をつぶっているのではないのだ。よく冷静に見て、暗黙のうちに批判している。彼は、私にはない驚くほどの純粋さを持っている。そして、本気で私との結婚を考えているようだ。でも今、私はとてもそこまでは考えられない。(私の日記から)

自由で明るく、幸せでありたい

翌日の午後、私はなるべく冷静に、自分の気持ちを手紙に託した。

昨日は、自然と人間のつながり、あなたの心の美しさ、そして人と人との魂の接触などなど……、純粋な魂から発せられる言葉はなんと人を感動させ、涙を誘うことでしょう。私には想像できないほどの生一本なあなたの性格が眩しいとともに、冷静さを欠いた危険なものにも思えるのです。結婚まで考えていらっしゃるとは想いもよらないことだったので、非常にショックでした。あなたのムードに惹かれていましたが、結婚相手として考えたことがありませんでした。

感情に溺れるだけでは、恋愛はできても結婚はできないでしょう。お互いの生き方や考え方、思想や行動の中にお互いに尊敬できるものがなければ、一生の長いマラソンコースのテープは切れないと思うのです。

この二、三年は私たちにとって激動の時期です。学校という楽園から社会という得体のしれない大きな渦の中に押し出されようとしている、不安定な時期です。その流れの中で、思想や人生観も変化するでしょうし、デリケートな魂の変動は避けられないでしょう。

結婚という前提がなければお互いを信じられないとすれば、愛情の真の意味を殺すことです。失うことを恐れてはいけない、《失うこと以上に、愛せなくなることは不幸なことだ》とは思いませんか？　そうしなければならないと切実に思えるようになるまで、もっともっと冷静に、厳しい目でお互いの観察を怠るべきではないと思います。不安なく、信じ愛せることを確信するために、今は時間が欲しいのです。私はまだ三回生です。あと二、三年は結婚しないでしょう。その間、結論は保留しておきたいのです。この考えに納得いただけないならばあなたから遠ざかる以外にない、自分の気持ちに正直でありたいのです。

コートで青空を見ることにしました。そしてあなたの美しいフォームを、離れたコートから見つめるのが私の幸せになりました。「無心の美」、それは、人間がなしうる最大の美なのかもしれません。

「若さというのは、感激できて、怒ることができ、自殺ができる時期」だそうです。感激して、怒って、自殺はやめて、若さを満喫したいものです。

《お互いに自由で明るく、幸せでありたい》。


（私からNさんへ）

三日後に、Nさんからの返事がきた。


昨晩は君の手紙を幾度も読み返して、三時間もかけて返事を書いたのですが、今朝読んでみると僕の言っておきたいことが十分に書き尽くせていないと思い、会ったときに話すことにします。お互いを知るためには、会って話すことが最も大切なことだと思います。

君をどんな風に愛しているかと聞かれても、ただ愛しているとしか答えられない。何の修飾語もつけられない、心からのこの言葉を憶測なく認めてほしいと思います。

気を悪くするかもしれないが、君は人を振り向かせるような美人ではない。君が時折見せる愛情に満ちた表情、研ぎ澄まされた顔、深く澄んだ吸い込まれそうな瞳、それは、じっと見つめれば見つめるほど湧き出てくる美しさ、人間の内部から滲み出てくる知性的な美しさです。

《お互いに自由で明るく、幸せでありたい》。この言葉が忘れられませんが、この言葉のように互いに愛し合い、自由で明るく幸福な人生を歩んでいきたい。

（Nさんから私へ）

偶然というものはある予感をもたらすもののようだ。連休明けの講義を終えた夕刻、帰りの電車道でNさんとばったり出会い、吉田神社を抜けて人気のない吉田山へ登った。大学の裏山のようなこの山は、体育系の部活のトレーニングの場になっていたから、二人とも何度も走った所だ。

三校寮歌「月見草」の歌詞にも吉田山が出てくる。大正八年に作られたというこの曲は、野球部員たちが合宿のつれづれに、友達のロマンスを悲恋の歌に仕立てたものだと言われている。寮歌にしては珍しく男女のロマンスが扱われていて、ラジオ放送もない時代に津々浦々の若い男女に口伝えに広がり、全国を風靡した歌だという。

テニス部の打ち上げ後、仲間と何度も大声でこの「月見草」を歌いながら通ったこの道を、今は二人だけで黙って歩く。月の光の中に若葉が水銀灯に照らし出されて光り、京の街が静かに暮れていく。


「冷静であることが必要だ。それを君が教えてくれた」

「私は炎のように愛することはできない、静かにゆっくりと変わっていきたい。テニスをするあなたは大好きよ。でも、あなたのすべてがコートの中だけにあってほしくないー」

「僕はね、十年以上テニスをやっていると、コート以外の自分の生き方が正直分からない。それを君に教えてもらいたい」

「それは私が教えてあげられるようなことではないでしょう。あなた自身で見出すべきものじゃないの」

愛は重荷か生き甲斐か―鞍馬山（一九六五年 六月）

初夏の鞍馬山、その自然は実に美しい。すべてが生きている。風にそよぐモミジの若葉、時に鳴く鶯の声、誰が撞くのか静かに鳴り渡る鐘の音、あたりは静寂。絡み合った根っこを露にして、まっすぐに伸びた杉の大木が、地球を揺らしている。大きな切り株に背中合わせに寄りかかって、互いの重みをかけながらNさんと語り合った。

「三か月の間に、私に対しての気持ちは変わらなかった？　こんな風に重荷になっているんじゃないの？」

「重荷って言うけど、それは生き甲斐にもなる。重荷になってくれたら僕はうれしいさ。もっともっと、僕に寄りかかって何も考えずに信じてほしい。もっと明るく幸せに生きてほしい。君は冷静すぎる。自分の冷静さが怖いんじゃないのか。君が僕を寛容すぎて怖いと思った時は、僕がぶん殴ってやりたい時だと思ったらいい……。構内で会っても知らん顔しているのを見ると悲しくなる。僕たちの間は友達っていう要素が強すぎるんだよな。もちろん、僕は君に愛を感じているけど、でも今は、友達的なのが一番いい形かもしれないと思うこともあるよ」

「テニス部では、ずっとコーチとキャプテンの関係でいたいと思っているの。いつも構内を寄り添って歩くカップルもいるけど、私は嫌なの。周りの人に気を遣ってほしくないし、あれこれ想われて人間関係を狭めたくないから。私はこれからもそうしたいと思っているから、あなたもそのつもりで付き合ってほしい

……」

Nさんの就職決定（一九六五年 七月）

夏休み前、Nさんが就職試験の面接で東京に向かう汽車に乗る当日、私はテニス部の試合で九州に向かう汽車に乗っていた。

今汽車は真夜中の東海道を一路東へ東へと走っている。僕にとっては一生を託す一本の列車なのに、時々警笛が冷たく、無関心に響く。運命を託した汽車の意志通りに動かされていく自分を知る。これでよいのか、そうだよいのだ。いつかはそうせねばならない運命、決して避けては通れないのだ。部員は今、一連のレールの上を西へ西へと走っている。なんという皮肉か、その中にわが愛するいとしい人がいる。そして今のごとく運命の道を歩めというのか、運命よ、いやだ！

（手紙　Nさんから私へ）

そしてまもなく、Nさんは東京の大企業への就職が決まった。彼の就職決定が私の将来とどうつながっていくのか、その時は分からなかった。

「あなたの就職と私は関係ないと思っているわ。私たち、これからどう展開するか分からないもの。遠い先のことだから……」

「僕は関係あると思ってほしいけどな……」

愛は感情ではなく決断——大文字（一九六五年 八月　二一歳）

八時に火が入った。夏送りの行事はさすがに京都の風情だ。三五万人の流れがありながら、大文字はいかにも荒涼感を漂わせる。夏の宵の中にふと秋の気配を漂わせ、夜空にあって転々とするその火は、まさに精霊の送り火のごとし。

夕方からの雨が空気を清めて、一段と清々しい。

大文字が見える喫茶店で、夏休みで故郷に帰っていた彼と一か月ぶりに顔を合わせる。

「僕は人間を信じる。自分がこれだと思った人は、たとえ騙されても信じるだろう。騙すより騙される方が、待たせるより待つ方がずっと気楽だからね」

「僕だって、君の性格的に難しさがあるってこと、まだまだ欠点があることも知ってるさ。だから、今まで君を褒めたことってないだろう、悪口も言ったこともないけど。でもね、何が一番大切か、どこに価値観を置くかが重要なのさ。難点が出てくる度に考えるんだ、これが一番大事なことではないんだって……」

「君の男性観って、つまりセックスのことを言いたいんだと思うけど、はっきり言おうか。僕は今まで手を握ったことも、肩を抱いたこともない。愛情の表現としてそうすることがふさわしいことなのか、今はまだ、結論が出ないんだ。何のわだかまりもなくなった時には自然にそうなるだろうし、僕たちにもそういう時がきっと来ると思う。君が僕を信じられないのもよく分かる。まだ先は長い、焦ることはないよ。僕は意外なほど冷静なんだ」

大文字の日のNさんの話を思い出しながら返事を書いた。Nさんからの返信もすぐに届いた。

あなたの愛情表現についての話をどんなにうれしく聞いたことでしょう。愛と性とは分離されているのではなく、お互いの心の準備ができた時、自然の成り行きの中で結合し、生と結びついていくのかもしれない。

私は長い間、神が人間に与えた子孫の残し方を忌まわしく思ってきました。しかし今にして、

《神が人間を試すために与えた一つの課題なのだ》と思うようになったのです。今は、試される人間として、美しく生きたいと思っています。

私をこれほど安らかな気持ちにさせてくださった人なのに、それでも、《この人と結婚するのだ》という実感が湧いてこないのです。まだ、結婚というものがよく理解されていないのかもしれません。

（私からNさんへ）

君がどうしてそんなに苦しむのか、僕にはよく分からない。どうして一言「イエス」って言ってくれないのかな、決断してくれないのかな。どうして僕という人間を分かってくれないのだろう。なんといっても君が分かってくれない限りどうしようもない。僕の答えは一つだ。君と結婚したい。

君は結婚を二義的に考えていないだろうか。仕事に熱中できる条件の揃った結婚というように。僕は結婚を第一に考えてほしい。生きる力の源である安定した家庭を作り、そこから二人のやりたいことを最大限できるよう工夫していくことが、最も望ましいのではないかと思うのだが……。

（Nさんから私へ）

今日は彼の気持ちがますます固定してきていることを知った。大文字の炎に見入りながら交わした二人の結婚観の違いは「男女の違いだろうか？」、彼の考えは安定を求める男の論理ではないのか。愛は時に相手を束縛することもあるのだ。

彼との生活の中だけに私の幸せを見出していけるだろうか？　自信がない。今だってその愛がどんなに大きなものであっても、それだけでは生きていけない。私は最大限に自分を試す機会を求めることに貪欲でありたい。（私の日記から）

愛することは辛いこと（一九六五年 九月～一〇月）

一か月ぶりの秋の賀茂川堤、川のせせらぎを聞きながら、巡り逢いの不思議さを思い出しながら並んで歩いた。彼は寂しそうでもあり、生命に溢れているようでもあった。彼は確かに成長した。私より苦しみ、悩み抜いたのかもしれない。

「今の自分の処し方はこれでいいんだろうかと思いながら、一生懸命、亀井勝一郎や武者小路実篤、芹沢光治良たちの人生論を読んでいる。僕はこの七か月、成長したと思うよ。これほど冷静になれたことはない。

この頃自分の人生と仕事がかなりはっきりと結びついてきた。そして思うんだ、あと何か月かの過ごし方を。苦しみ悩み、でも僕は幸せなんだ。信念をもって生きていきたい。自分の考えた通りに生きてみたい。

君は僕のこと、以前より好きでなくなったって言ったけど、僕は以前より、もっと愛してる。《愛するって辛いことだなあ》って思う。でも、僕はそうすることで自分が強くなっていくのを感じる、そして幸せでいられる。愛するって自分の問題なんだよなー」

その夜、今の私の正直な気持ちを伝えようと、愛読書であるエーリッヒ・フロムの『愛するということ』（紀伊国屋書店　一九五九年）を読み返して、何度も手紙を書き直していた。

『愛することは保証なしに自分自身を委ねること、すなわち我々の愛が愛されているその人の中に、愛を作り出すであろうという希望に完全に身を委ねることを意味する。愛は信念の行為であり、愛は活動である。』『誰かを愛するということは、決して強い感情なのではなく、決断であり、判断であり、約束であり、意志である。従って愛には、謙遜と客観性と理性の発達が必要である。愛するという技術の実践は、信頼の実践を要求する。』「愛するということは保証なしに自分を委ねる決断をすることである」とフロムはいう。今の私はNさんの愛に応えるだけの愛を作り出せていないし、身を委ねる決断ができない状態にあるのだと痛感した。（私の日記から）

あなたに書いた二通のお便り、机の上に投げ出したままです。

先日、親戚の葬儀があり、東京で大学教員をしている叔父が来ました。叔父は「大学院に行け。そして学者と結婚しろ。低俗な恋愛なんかしてないで、今は勉強に集中しろ！」と言います。私の一生は、勉強するのが一番良いのではないかと思うのです。低俗な恋愛はさておき、自分の進路を考えると《好きだけど結婚相手ではない》と、やはり悩んでしまうのです。

私が苦しいのは、あなたに対する疑いとか不信感ではなく、自分自身に対する疑念や不信のようなもの、あなたの気持ちを十分分かっていても、それが私自身の唯一の愛なのか、自分に自信が持てない、決断ができないのです。今まで何度かこのジレンマに苦しみ、《自分はまだ真の愛を確信できるほど成長していないのだ》と思ってきました。私の心の素直な表現の一部だと思ってください。もう少し時間が欲しいのです。

（私からNさんへ）

私の手紙への彼の返信、それは今までになく厳しい、だが心に染みるものだった。

君は初めから僕から逃げたいんだろう。あの手紙もそれを前提に書かれていたみたいだ。でも、そんなことは僕にとってはどうでもいいんだ。

　だが、君はもっと自分を大切にしなければいけない。いつも投げやりだ、そして半ば諦めている。もっとこれが自分なのだという信念を持ってほしい。

　僕は勿論、君を束縛するつもりはない。来年の三月に君の決定を待つしかない。その時、君の信念がそれほど強固なものならば、どんなに君を好きでも、笑って別れなければならないだろう。僕は望まないけど、仕方がないことだ。だが、君がその時になっても曖昧なのは嫌だよ。

　君は今まで順調に行きすぎて、自意識が強すぎる、器用すぎるんだ。やれば何でも人並み以上にできるって意識下で思っていて、辛い苦しいことから逃げてこられたんだ。今までの君はそうしか生きられなかったんだろう。本当にこれまでの自分を変えようと思うんだったら、なぜそれを素直に認めて直そうとしない。そのことに溺れて甘えているだけじゃないか。もっと人生って厳しいもんだぞ、これからどうするか、主体性をもって生きようとしないんだ。

　僕がこんな内面を見せるのは友達二、三人と君だけだ。そんなに希少なものだからこそ、君との愛を大切にしなくてはと思っている。来年はそうそう会えない。お互いに変わるだろうけど、自分の信念をもって成長してほしい。実際、楽しみなんだ、来年どうなっているのか。そして三月には明るい返事を待っている。

（Nさんから私へ）

彼の中に、私を突き放そうとする意志の強さを感じさせられた。私のことを通して、もはや私のことを超えていた。生きることを常に自分の問題として、厳しく見つめている。まさに孤独なのではないだろうか。自分の信念に従って生きようする彼と自分の将来が見えない私と、どこまで一緒になれるだろうか。何かしみじみとした寂しさと同時に、非常に静かな一連の時間の流れ、こうした中に生きられる私は、やはり幸せなのだろうと思う。

（私の日記から）

秋は忙しく、そして寂しく過ぎていった。女子テニス部のキャプテンとしての試合に、学園祭に向けてのゼミ活動に、学生運動にと、駆け足に日々が過ぎていった。

Nさんも希望していた後衛での学生時代最後の試合が、私もキャプテンとしての最後の試合が近づいていた。これが見納めになるだろう、私の目に彼のテニスを焼き付けておきたかった。惨めだった初めての前衛の試合、雪の中の春合宿、初めての後衛としての大会、辛かった夏合宿、大学対抗戦などなど……。あの頃からコーチとしてのNさんと私のテニスは切り離せなくなり、コートにはいつも彼との思い出があった。写真を撮ってフォームの修正をしてくれ、試合中も遠く離れたコートからスタンスやフォームを見せて、無言のアドバイスをしてくれる彼の姿があった。

一一月になり、私の二年ほどのテニス生活終了の日が近づいていた。勝ちたいと焦り、一人で頑張り、自分をいじめて自己嫌悪に陥って消耗していったキャプテンとしての私は、リーダーの資質に欠けていたのだろう。ある男のコーチからも言われた。「遊び半分の女子部をここまで引っ張ってきた君の努力は認めるけど、ダイヤモンドヘッド（考え方が固くて融通が利かない）ではリーダーは務まらないよ」

あの燃えるような夏のコートで無心に球を追うことも、厳しさ、辛さをもってコートに立つことも、もうしたくない。私の中でテニスは次第に色あせたものになっていき、体内に燃えていた炎が静かに消え、若さが燃焼しきったような、そんな感覚だった。

Nさんの中には、信じられないほどの寛容さ、優しさがある。同時に、本質をじっと見極める鋭さとしっかりした信念がある。一度決めたことに決して動揺しない人だ。「信念を貫きシンプルに愛する、考え抜いて決断した後は振り返らない、前を見て楽観的に生き抜いていく」、これが彼の彼たる所以なのだ。「完全主義で優柔不断、常に判断に迷い後悔しがちで、最悪を予想して悲観的にしか生きられない」、そんな私とは対照的な人なのだ。《好きだけど結婚相手ではない》、惹かれていく私とそこから逃れようとするアンビバレントな私が、いつもどこかで分裂を起こしていた。テニスの終わりとともに、思い出の中に彼を葬り去ることに自分の道を見出し、意識的に彼から遠ざかろうとしていた。《これからはコート以外の自分、学問という世界の入り口を求めて四苦八苦してみたい》、そんな秋の終わりだった。

感情がぶつかりあって—寂光院（一九六五年 一一月）

雨が降り続き、泥道が長い大原の里を抜けて、寂光院の紅葉のトンネルを上がる。こぢんまりした尼寺は杉の大木をバックにして建ち、雨に洗われた石段の上は、真紅、赤、黄、紫、緑と鮮やかだ。一口に紅葉といっても、そのさまざまな色、形に驚く。尼寺らしい佇まいの中に冷たい侘しい雨が降り、霧がかかる。夕暮れの大原の里は一面の紅葉と霧だった。

私は遂に言ってしまった。だが、その日のNさんは、終始、黙ったままだった。

「あなたという人は、あまりに純粋で整頓され、乱れなく自分をコントロールする力を持っている。そんなあなたの精神状態を、私はこの上もなく美しいものだと思うの。でも、それに惹かれながら、どこかでかすかに抵抗している私がいるの。

ケンカにならないように、あなたは言いたいことの何分の一しか言わないで我慢してるでしょう。もっと思ったことをはっきりと私にぶつけてほしい。私があなたを振り回す以上に、私を振り回してほしい。心に突き刺さるような皮肉、鋭い批判、私に負けない意地の悪さを持ってほしい。

一度あなたと心の底からケンカしてみたい。心の底から憎んでみたい。あなたのその動揺のない強固な心の枠組みをバラバラにしてみたい。そうしたら私はもっとあなたに近づけるかもしれない。もっと愛せるようになるかもしれない。すべてがお仕舞いになるかもしれないけれど……。それでも、そうしたいと思うことが時々あるの……」

三日後にNさんからの手紙が届き、私も返信を送った。

確かに僕の態度は君の指摘のように、自分の中で昇華して君をいつもベールで包んでいたようだ。もちろんこれからも温かく見守ってあげるつもりだけど、これからは僕の気持ちをはっきりと言おうと思っている。それがお互いの進歩につながっていくと思い始めているから。

二つの異なった生命が互いに交わり、摩擦し合って「個」の火花を散らす。互いが似ているとか意見が一致しているとかではなく、各々の個性が鮮やかだからこそ仲良くなる、真の友情が生まれるのだと思う。

各々独立した人間である限り、時にはケンカもするだろうし、離反する場合もあるだろう。しかし各々が自分の心に忠実に物事を探求して行く時には、正反対の道であっても相手を尊重することが最高の関係であると思う。お互いに堂々と自分の意見を述べ、相手の意見も聞く、それがケンカになっても間違っているとは思えない。君とは将来とも、そんな関係でありたいと思う。（Nさんから私へ）

この八か月、あなたと共に考え、歩んできました。一人では得られない心の成長をしてきたと自負していますし、感謝しています。人間に対して否定的な面を強調しすぎていた私に、人間の温かさを信じるという、ほのかな夢を与えてくださった人があなたでした。

人間のひきつけ合う力、それは欠点を認めながらもその人の根本に引き寄せられてしまうような、そんな力と力がぶつかり合った時、真の結合が生まれるのでしょうか。平凡と非凡、苦悩と快楽、強さと弱さ、大胆さと繊細さ、縦糸と横糸、そうしたコントラストをなすものが時に応じて滲み出し混ざり合うことが、共に生きていくことにつながっていくのでしょうか。

（私からNさんへ）

将来の進路と結婚の迷い――室生寺（一九六五年　一二月）

小雨が降ったりやんだり、渓流に沿って上がるバスに遅い紅葉と滝の音、そして岩肌の美しさが迫る。彼の大きな傘に入って、女人高野室生寺への道、人気のないひっそりとした寺の石段を上がる。ひんやりと湿った冷気が霧にかすんだ山々に立ち上り、巨大な檜木の森を一筋に続く長く細い石段。木こりが檜木の皮をはぎ、この道を女たちが「もっこ」で運び、新しい屋根が葺かれていくのだ。

五重塔は目の前にあった。大きな檜木を背景にくすんだ朱塗り、割に小ぶりな軒の深い塔がこぢんまりと建っている。落ち着きのある、静かな佇まいだ。奥の院の廊下に座って眼下の里を望む。小さな人家と狭い田の群れ、その他は一面霧の海、山際がほんのりと分かるのみだ。

霧が私の肌にしっとりとその玉を置いていく。その霧の世界に二人だけがいる。私たちの将来は、霧の中だ。企業に勤める人との結婚は転勤がつきものだ。転勤が続けば私の仕事は中途半端になるだろう。

霧の中を、彼の言葉が重く流れていった。

「再度言うけれど、君は結婚ということを二義的に考えてはいないだろうか。自分の仕事のために条件の揃った相手を選ぶ結婚というように。僕は好きな人と結婚し、仕事に、子育てに責任をもってお互いの生活を最大限に工夫していくことがベストだと思う。第一に、好きな人と暮らすことだと思う。

僕は君を愛しているし、結婚してくれることを願ってやまない。しかし、どうしても僕との結婚がダメだというのなら、君が選ぶ相手を君が心から愛しているというのなら、退くのにやぶさかではない。愛する人の人生もまた、同様に愛してやまない」

翌日、室生寺での会話を思い出しながら、私は手紙を書いた。

室生寺でのあなたとの言葉を嚙み締めています。非常に忍耐強く私の心を見守って、非常に大きな手で包み込んでくれる偉大な力、私の頑なな心があなたの前に少しずつ開かれていくのを感じています。

でも、あなたの愛がどんなに大きなものでも、私はあなたと子どもの中だけでは生きていけない。子育ての責任といっても今は自信がないけれど、理想的な母親になろうとも思わない、働く母親の姿から学ぶ逞しい子に育ってほしいし、そんな子に育てる自信はあると思っています。

家庭の中だけで、自分の生き方ができずに鬱積していく不安や焦りを想像する時、やはりあなたとの結婚を躊躇してしまうのです。私もあなたと同様、自分が満足できる生き方をしたいのです。

（私からNさんへ）

賀茂川堤を歩くのは一か月ぶり、彼がきちんと配慮して腕を開けてくれているのを知りながら、今日もやっぱり素直に腕を組めなかった私。時に一つになってもいいと思うのにやはりいつも二人、自分の心に自信が持てないのだった。

別れの時が徐々に近づいていて、揺れ動く私の気持ちを伝える手紙を書いて送った。

本当に、あと何度会えるか分かりません。この頃、今までになく会いたいと思う、痛切に思えることはなんと幸せなことでしょう。人間の醜さをいやというほど感じる毎日ですが、私のか細い神経の震えがあなたによって一瞬なりとも和らげられる気がしています。

あなたの気持ちを十分分かっていながら反発してきた私。北風ではなく春の太陽を想わせるこの温かい気持ちを、今はそっと大切に胸にしまっておきます。来年は会えなくてもいつも身近に感じて心安らかでいられるように、あと何か月かで手の届かない所に行ってしまうあなただから……。

（私からNさんへ）

決心を促した手紙（一九六五年 一二月）

テニス部の活動が終わった一二月、学年末試験が近づき、毎年のように図書館は学生たちでいっぱいになる。提出が遅れてしまったレポート作成に熱中している私の前の席に、学生服を着てニヤニヤしながら座っている人に気づく。なんと、Nさんではないか！ コート以外で会うNさん、勉強に励む彼の姿がなんだか眩しくて、落ち着かなかった。

彼は微笑みながらごく軽く言った。

「卒業単位は足りているのだが、学生最後の試験だから一七科目受けようと思っている。最近、勉強が楽しくてしょうがないんだ。純粋に知識欲を満たしたいと思って取り組んでいるから」

それから一週間後の朝、離れた席で勉強をしているNさんの目に偶然ぶつかった。かなりの距離を隔てて、途中の人の頭でいつもは見えないのだが、何かの拍子に黒い逞しい顔、輝いた目に出会う時、なんとなくお互いに微笑む。

コートを離れて、コート以外のNさんの全体像がやっと私の中に定着し始め、精神的な愛を確信でき始めたのは、この頃からだったろうか。暑い日のテニスコートのラリーではなく、寒い机に向かってふとペンを止めて、私の中のNさんと会話や議論を交わす時が私の幸せになっていった。《この人に私の人生を賭けてみよう》、そう思えるようになっていった。

自分の心に自信が持てない間は意識的に極力避けてきたのだが、精神的な愛に確信が持てるようになった頃から、人間の動物性という壁を強烈に感じ始めて、それが一種の脅迫感となって私を悩ませるようになっていった。

今日届いた彼からの手紙、期せずして同じようなことを考えていたようだ。

書きたいことがまとまらないけど、一つだけ。この頃どうして腕を組んでくれないの。どうってことないことだけど、やはり寂しい。

（Nさんから私へ）

次の日の朝、前夜三時間かけて書いた十枚の手紙を投函した。

私は今まで、いつもあなたの夢を破るようなことばかり言ってきました。今でもこの人と結婚するのだという実感が湧いてこない。父がいう如く、三月は私たちが別れるのにいい時期かもしれません。

でも、私の心の中にはいつもあなたが住んでいます。私は精神的な愛を求め、それゆえに美しい交際だったと思うとともに、私の中のあなたは、形のない、心だけを持った幻みたいな存在だったのではないかとハッとしたのです。二人で並んで歩いている時よりも一人で机に座って想う時の方が、ハッキリとあなたを感じられるのはやはりおかしいと思うのです。生物としての、生々しいホモサピエンスとしての、男という独特な個体としてのあなたと私の個体とが衝突したことが正直ありませんでした。それゆえに美しい愛だったように思います。

私が愛しているのはあなたの心という一部に過ぎないのでしょうか、全体としてのあなたではないのでしょうか。そうかもしれません、未だに私は、じっとあなたの全身を感じることができないのですから。本当はね、もっと弱い存在になって、あなたの優しい翼の下に身を委ねていけばいいのでしょう。何度かやってみたのです、でも今の私にはなぜかそれができないのです。

私はふと思ったのです。音楽のように体全体で感じる、もっと直接的に五感に響いてくるような何かが必要なのではないかと……。私は欲しいのです、何か魂の核に突き刺さってくるような強烈な何かが……。何かあるのです、何かあるはずです。実存哲学でいう実存、賭け、それを失ったら根本から挫折してしまうような何かが、きわめて観念的なものかもしれないけれど……。それが何なのか、自分でも分からないから苦しいのです。

（私からNさんへ）

数日後に彼から来た応答の手紙、それは私の心を確実なものにしたようだった。

どう書いてよいのか考えがまとまらない。書いては破りの連続で三時間が過ぎた。

でも何時間かかっても書こうと思う。

「愛情」、この言葉は大変美しい。恋に恋する要因なのかもしれない。だけど手に触れ、目に見えないために、あまりに漠然として不安定である。

君がいうように精神的なつながりが一番大切だと思う。それがすべてだと思った時もある。だけどあまりに漠然としているために、小さなことで大きく左右されやすい。友人と、プラトニックラブは成り立つかと議論したことがある。君と同じ二一歳だった。十代の僕だったら成り立つと答えただろうが、二一歳の僕はそうではなかった。

人間というものは、心の中に生じるすべてのもの、苦しみ、悩み、喜び……などが蓄積されるほど、何か具体的な形で表現しようとするものだ。それが純粋であればあるほど、何か美しいものとして表現されるのだと思う。歌とか詩とか、また直接抱き合い、求め合うことに表れてくるのだと思う。

「理性」、これは文化人にとっては名誉なものかもしれない。だけどそれによって人間の真の生は邪魔されているとも思う。率直に言って、君と肩を並べて歩いている時、君を両腕に抱きしめたくなったことがしばしばある。でも理性が僕を責めて、手をポケットに入れる以外に方法がなかった。僕は思う。真剣に愛している時、両の腕に抱きしめたくなるのは自然の姿なのではなかろうか。理性が強いんだ、相手を、相手の人格を尊重しているのだ、なんてことが果たして真実なのだろうか、僕には間違っているように思えるのです。

君は覚えているだろうか。いつか「抱きしめたいと思ったことがある」と言った時、「私は嫌よ、そんなこと」と拒絶したことを。だからここまで愛情の不安定さに惑わされてきたのだ。「愛情の本当の表現をなぜ拒むのだ」と僕の中の君に問いながら。

愛し合っていることがお互いに分かったなら、我々はもっと掘り下げていかねばならない。腕を組んだり手を取り合ったりして歩いていく二人、そこに、愛し合った二人が身も心も寄せ合っていく美しさを感じる。そして多分、二人が固く抱き合う時の美しさは、最も深い感動を与えるものではないだろうか。我々も静かに深く激しく抱き合う時、本当の愛を知り、新しい世界が開けていくと信じています。我々はその時期に達しているように思う。だけど言葉だけでうまくいくものではありません。お互いを求め合う自然の成り行きに置けば、多分そうなるだろうと思う。意識してできるものではなく、それは嘘だと思います。

いつかもう一度言うつもりでした。だけど君の言葉が胸に突き刺さっていて、なかなか言えなかった。最近「好きだ、愛している」って書くのがいかにも表面的に感じられて悩む。でも、言わずには書かずにはいられない。

（Nさんから私へ）

将来の約束――冬の糺の森で（一九六六年一月）

Nさんの手紙にかなり動揺しながらも、私はどこか救われた気持ちになっていた。悩みに悩んだ末に、将来の方向を決めた手紙を今朝投函した。するとと翌日、また偶然、図書館で出会った。出会わなかったら、また迷ったかもしれない。明日から期末試験が始まるにもかかわらず、私の気持ちを今のうちに伝えておかないと、何も手につかない気がしたのだった。

私たちの人生の前途のように、冷たい小雪が嫌というほど顔にぶつかる午後の下賀茂神社の糺の森を、まっすぐ前を見て歩いた。

自分に言い聞かせるかのように、一語一句を噛み締めながら、ゆっくりと話す。

「将来のことをいろいろ考えて、大学院への進学を決心したの。私の家は親に頼りきれるほど裕福ではないけれど、奨学金を貰えればなんとか勉強を続けていけると思っているの。

修士を出ても女子の就職は厳しいから、働き続けられる仕事は教員か公務員しかないと思っている。

　今は、三年後には東京で就職して結婚したいと思っているけど、その時の事情が二人の努力だけではどうにもならない時は、結婚を考え直す余地があると思っていてほしい。そして、私が大学院に行くことに、あなたのコンプレックスが起きないかということも心配しているわ」

　彼は黙って聞いている。何も言わない。

　寒さから逃れて喫茶店に入り、小さなテーブルに向かい合って改めて顔を見合わす。

「これが結論なの。あなたの言いたいことはないの？」

「何もない。それでいいー」

「よ〜く考えて。あなた自身のことだけでなく、ご両親やお家のことも……」

「結婚まで待ってもらうという意味でも、自分のやりたいことがやれなかったという後悔がなければ、それが一番いい。ただし、大学院を出たからと変なプライドは持たないでほしい。

　君には普通の仕事と家庭の両立は、心身ともに厳しいと思う。一生気長な気持ちで勉強してほしいけど、転勤など不本意なことも起こるかもしれないが、いざとなったら僕の方針に従ってくれるだけの心構えをもっていてもらいたい」

忘れられない二日後の彼からの手紙、涙でかすんで読めなかった。

本当にうれしい。長閑な春の麗らかな太陽の下、芝生に寝転んで空を仰いでいる自分を感じます。生涯、この日を忘れることはないでしょう。君の言葉を聞いたとき、なんだか頭の回転が止まったようで、喜びに心が震えて声が出ませんでした。だんだんうれしさがこみあげてきて何とも言えないファイトが湧いてきました。

別れてから雪の舞う糺の森を歩いて帰りました。自然も紙吹雪ならぬ本物の雪で祝福してくれたのです。我々は深く味わいのある、そしてそこから陽炎でも立つような愛情を築いていきたいと思います。勉強はできる時に、やりたい時にやっておくことです。他のカップルがどうであろうと我々の関知するところではない。三年間をお互いの生活の基礎作りの期間にしていきたいと思っています。

（Nさんから私へ）

初めての抱擁―御所の小道で（一九六六年一月）

一月二九日、この日は二九回目のデートだった。夜の御所は深くてとても静かだ。その塀伝いの細道を、彼の腕に手を通して歩いた。

「君が決心してくれたのは本当にうれしいけれど、《自分に強いてこの判断を下しました》という言葉が気になっている。君は、男とはこういうものだと、他の男性と比べて僕を見て、いつも疑っている。だから僕の言うことは信じられない、夢に過ぎないと思っている。僕の言うことを信じようとしてくれないのが一番腹立たしいし、情けない。

これからは、僕をまっすぐに見つめて一緒に歩いてほしい。君は大学院に行ったらいい、そしてやりたいことをやったらいい！」

「やっぱり私は女なのよね。どんなに頑張ってもどうにもならないことがいっぱいある。私が精一杯生きようとしていることだけは分かってほしいー」

彼が独り言のようにいろんなことをしゃべっていた。身を持たせかけながら、私には凄まじい冷静さ、自分の運命に挑戦していく姿勢があった。

「あなたは私の何に賭けているの？」

「君が僕をもっと成長させてくれると期待している。結局、精神的な拠り所、心から語れる人が欲しいんだと思うよ。僕が弱くなった時、君だけには僕を理解していてほしいんだ……」

彼の顔が静かに近づいてきて、お互いの唇が触れて重ねられた。その時、私の中から思いがけず嗚咽が漏れた。悲しいのでも、怖いのでもない、心の堤から溢れ出た涙のようでもあり、泣いている自分自身が不思議でもあった。

抱きしめられながら、遠くで響くような彼の低い呻き声を聞いた。

「もう離さない、絶対に！　強い君も、もろい君も好きなんだ、愛してるんだ！」

私はこの時の彼の顔が見たいと思ったけれど、見る勇気、というより自分の泣き顔を見られる勇気がなかった。ただ、顎ひげのチクチクした感触が私の頬にいつまでも残った。


そして、二人の忘れられない一日を綴った往復書簡が残っている。

こんなに心が充実し、安定することがあるのだろうか。抑えようにも抑えられない心の燃え、どうにも表現できなくてしばらくじっとしています。今日の出来事が一つ一つ浮き彫りにされて、目の前を通り過ぎてはまた戻ってくる。お互いの感情がやっと緩んでぶつかりあった僕たち。我々の前には今までよりもっともっと長い道が続いている。お互いを引っ張り合い、励まし合って進んでいくのです。いいですね。

（Nさんから私へ）

あなたという人は不思議な人でした。私の中にこれほど入り込んで、揺さぶり、苦しめた人はいませんでした。私が一番頭にこびりついたのは、《君が僕の言うことを信じようとしてくれない》という言葉でした。

今、幸せなのか苦しいのか、自分でもよく分からない。この感情を昇華できたら、きっと純粋にあなたの中に入っていけるでしょう。愛されていることに幸せを感じる段階はもう過ぎたのです。これからはあなたへの愛を育みながら、まっすぐ前を見て進む時にきていることを感じています。生きていることを実感できるのは、自分の存在が真に尊く思える時ではないでしょうか。今、夜空の星を見上げて両腕で自分の体をひしと抱きしめ、それから、雨にずぶ濡れになりたいような心境です。分かりますか？　忘れられない今日の出来事を拙い詩に託して、手紙に入れますね。

夜の柔らかなゆりかごのような
あたたかな雨の春の宵のような
そんな日だった　あの日は

そっと肩に触れた瞬間に
心が切なくゆれ動くのは
快いしびれの流れを感ずるのは
私の心が　そうさせるのか

温かい唇が　花びらの上に落ちるとき
果てしない心の糸のたぐりあいが張りつめる
そしてその糸は　つときれて
すべてが無意識の中に没する

そこには感情の波の重なりがあるのみ
そして夜空は星を贈ってくれる

うるわしい青春のために
かぎりなき情熱のために

（私からNさんへ）

期末試験中だったので、二週間は会わない約束をしたのだが、二人とも、勉強が手につかなくて困った。英語を読みながら、彼の時々の顔や表情がやたらと浮かんできて、頭がいっぱいになる。体内を一種の興奮が満たしているのか、眠いわけでもないのに頭がボーッとして、うとうとしたかと思うとすぐ目が覚める。《あ～、私は彼を愛している！》そんな感情が湧き起こってくる。彼から来た手紙にも、そんな気持ちが伝わってくる。

鏡は曇ってしまった。拭いても拭いてもきれいにならないので、夜の寒い冷たい所を歩いてきたところ。なんだか会いたくてたまらないから、君の顔が見たくてしかたがないから。試験期間中だからって、二時間くらい会っても、どうってことないのに……。

（Nさんから私へ）

別れまでの残された一か月半、時を惜しんで京都の寺々、高山寺、光悦寺、大覚寺、萬福寺、金戒光明寺……を巡り、お互いを抱きしめて確かめ合い、慈しんだ。離れる前に、

《純粋な気持ちで彼の身体を、彼の心を抱きしめたい、そして抱きしめてもらいたい》そんな気持ちでいっぱいだった。それでも、唇が彼のそれに圧迫され開かれる時、恐怖さえ感じて身を縮めて目をつむりたくなり、長くはそうしてはいられない気持ちになる。くちづけなんて、もっともっと素晴らしいものかと想っていたけれど、会う度に求められるそれがなぜか怖くて、心は受け入れているのに、身体のどこかが抵抗している。だが、拒むだけの気持ちもなかったことも素直に認めよう。

「私があなたに甘えるってどういうことをさすの？　今の私はそんなに甘えていないの？」

「甘えるってことだけど。外ではお互いに我を張って生きていて、精神的疲労が蓄積される。二人でいる時にはお互いに緊張を解いて、弱さを出し合って慰め合うことだと思う。僕たちはまだ、二人になっても緊張しているのではないだろうか。僕は自分の弱さを知ってほしいし、理論に走らない時があってもいいと思う。

外は厳しいんだ。だから、二人の時は感情に溺れてもいい。そのほかの時は、二人の間に距離を持たせるんだ。べったりくっついたら、身動きが取れなくなる。その節度が大事なんだと思う。ものに距離を置いてみると、意外に溺れないものだと思うよ」

「私もそう思う、理性だけでは解決できないことがいっぱいある。私たちは、理性の上に立った感情の世界に入ったような気がしている。時には理性を忘れてもいい、けれど失ってはいけないと思うの」

結ばれた魂が引き離される日が迫ってきた。それは一つの試練であるけれど、私たちの心の絆がどのくらい強いものか、試してみたい気もしていた。これからは、しだいに私たちを結ぶものの価値が薄れていくことになるかもしれない。それでも、《私は、こうしか生きられない》、行けるところまで行ってみるつもりになっていた。そんな私の決意を日記に詩として書き残している。

そして　大きく一歩を踏み出すのだ
行く手は遠い彼方だ　その影さえ見えない
それでもいいじゃないか
一歩が　この一歩が積み重ねられたら
そこに行くことが出来るかもしれない
行ってみることだ　そこに何もなかろうと

行ってみなければ　行ってみなければならない

（私の日記から）

解放された私も、体調不良を押して合宿に参加していた。今日は彼が京都を離れる日、二人の思い出の詰まったコートとの別れの日だった。そんな切ない気持ちを互いに手紙に託した。

成長を約しての別れ（一九六六年 三月）

彼の卒業式の次の日、テニスコートでは恒例の春合宿が始まっている。キャプテンから

離れたくなかった京都、そしてどうしても離れなければならなかった今日、一秒でもいい、離れたくなかったテニスコート。コートに君の姿を見ながら、戻りたくなる衝動に駆られながらコートを、大学を、そして京都を離れたのだ。

離れて生きるのは悲しいことだと思う。どうしようもないなら、二人の愛の思い出に逃避するのではなく、それを礎として生きていくのだ。

（Nさんから私へ）

今日は、最後のコートのあなたにそっと「さよなら」をつぶやきたくて、風邪を

押して出てきたのです。とても寂しい、自己の存在を無に帰してしまうような寂しさです。それは目に見える存在としてのあなたを失う日、コートに再びお互いを見出す終わりの日なのだから。コートに、大学に、京都の街に、あまりにもあなたとの思い出がありすぎて、当分は無理かもしれないけれど、いつまでも思い出の中に逃避していたくはない。

私たちは日々変化し成長していく。それぞれの新しい出発に向けて、自己を見失わないように歩んで行きたいと思っています。

（私からNさんへ）

(二)　礎としての愛――遠距離恋愛と往復書簡

一九六六年四月四日の夜、彼は東京に発っていった。見送りに行った京都駅、夜汽車に乗る前に交わした最後のくちづけは、やはり寂しいものだった。ふと涙がこぼれそうな自分を戒め、微笑んだ眼がしかとお互いを抱きしめ合い、握った手が自然に離れて、そのまま手を振る。出発には別れが伴うものだ。これは私たちにとって、終着点ではなく新しい段階への出発点なのだから、微笑んで安らかにくぐり抜けていきたい。近いうちにまた、お互いの姿を見、手が届き、抱きしめ合う時が必ずくるのだから……。

会話のような、交換日記のような手紙が六〇〇〇通を超えることになるとは、その頃は予想もしなかったのだが……。

別れの手紙（一九六六年 四月　二一歳）

別れ際に、私の気持ちを文字にした励ましの手紙を、夜汽車に乗る彼に手渡した。

卒業式の日に突然私を襲ったあの心貧しい寂しさとは異質の、今はしみじみとじっと抱きしめたい独特の寂しさを覚えています。あなたと同様、四月五日は私の未来への出発の日です。私たちにはそれぞれの未来、夢があり、それに忠実に生きていくために勇敢でありたい。

日々のお互いの成長を誓って、物事の出発には一人はふさわしいものです。一人歩んでいく砂漠の旅人をじっと見守り、温かく包んでくれている何か偉大な力、「サムシンググレート」を信じましょう。そう、それはあなた自身の意志の力であり、あなたの大好きな信念の力であり、それにも増して生き抜いていこうとする姿勢なのです。

《寂しいとは思わないで、寂しいのは心が貧しいからです。離れていても、いつも豊かな心だけは忘れないで》。会える日まで、あなたが居るから自分の人生をより懸命に歩んでいかねばなりません。
（私からNさんへ）

三日後、東京からの彼からの第一便が届き、私も返事を送った。

別れる時は本当に悲しかった。でも、君の姿が見えなくなった時、新たな緊張が僕を奮い立たせてくれました。君が渡してくれた手紙を夜汽車の中で読みながら、やはり僕は少しばかり動揺していると感じた。離れて寂しいけれど、君がいることによる充実感、日々新たな気持ちで生きていけることは幸せだ。

会社に入ったからといって、僕という人間が変化するとは思えない。長年培ってきた信念、人間としての生き方は、社会に出たからといって特別弱気になることはないと感じる。勿論、学生時代のような自由はないけれど、自分のペースで生きることを貫きたい。君に負けず、強く逞しくならねばと思う。
（Nさんから私へ）

東京からの第一便、うれしく拝見しました。新しいことの連続で、さぞお疲れのことでしょう。あなたが新しい人生を歩み始めている時、私も新入生のような気持ちで最終学年を迎えています。

周囲は変わらないのに、《去年ではないのだ》と思う瞬間がある。去年は、あなたという人から跳ね返ってくる身体全体で感じられるものだったけれど、今年からはほとんど手紙で、時に電話で意思疎通を何年か続けていくことは相当な努力がいることでしょう。これからは理解・了解することだけが信じる根拠であり、自分自身の心の受け止めであり、自分との対話しかない。

自己との本当の対峙は、これからの何年間の中にあるだろうと思います。自分と向き合いながら自己を保っていくことは大変なことだと思うけれど、そこから逃避するのではなく、それをしっかりと見つめていかねばならないと思っています。

（私からNさんへ）

愛と信頼を確かめながら（一九六六年　五月）

就職一か月後の五月の連休、彼はまだ新人研修中で時間がなかったので、京都と東京の真ん中あたりの海の見える街で、とんぼ返りのデートをしたのだった。

随分迷ったこの旅、自分への賭けでした。冒険したはずの自分が、心になんの抵抗もないことを不思議にも思っていない。人間の結びつき、精神の不思議さを感じ、その力の前にはもはや抵抗できない、理屈にならない領域があることを身をもって知りました。

あなたの中に人間というものへの希望を見ました。これが実存というものでしょうか。理性の上に立った、豊かな感情の世界を生きるということなのでしょう。後悔もなく、不安もない、心の静けさが涙を湧かせます。三年先を一つの目標に、お互いに努力していきましょう。

（私からNさんへ）

君は愛というものを信じ得ないという。二人の心がお互いを理解でき、お互いの成長を喜び、お互いの目標に向かって忠実に生きる、それ以外の真実の愛は存在するだろうか。

二、三年離れて暮らすことは二人の長い人生からみて、さほど重要なことではない、要は二人の愛である。愛がなければ出発がないのと同様、愛が二人の人生をより高いところにもたらすものであり、誰からも侵害されない我々二人だけのものがあるべきだ。その中で、議論し迷い、ケンカし泣き、最後には二人で喜び楽しみ、しっかりと抱き合いたい。

結婚を前提に、二人の将来を計画してほしい。僕にとって君はなくてはならない人なのです。僕の心の奥深く根を下ろして、そのものを無にすることは考えられない。だからといって盲目的になっているのではない。一歩一歩、堅実に愛を築いてきたと信じています。三年後の結婚に向けて前進、努力していこう。

（Nさんから私へ）

会えない時には、会話でもするかのように手紙を書き、読み返して励まし合った。私は週に二度は手紙を書き、彼からは週に一度のペースで返書が届いた。

今、私が真に求めているのは将来への見通しであり、見通しが立たないという不安に押しつぶされそうになった時、私の大切な宝物であるあなたの手紙を読み返して、味わっています。そこにあるあなたの安定した信念の力に鞭打たれ、励まされながら、自分の弱さと戦っています。

（私からNさんへ）

僕が東京に出てくる日にくれた君の手紙に何と書いてあったか、封筒から取り出さなくても思い出すことができる。《寂しいとは思わないで、寂しいのは心が貧しいからです》、そう、心が貧しいからなのだ。会いたくてたまらない時、寮の屋上に上がって星を仰いで、「心が貧しいからだ」とつぶやき、充実感を取り戻して自室に戻るのです。

（Nさんから私へ）

社会に適応するということ（一九六六年 六月）

彼は、会社に入って半年は新人研修期間であったが、自分の理想や意見をはっきりという性格もあって、学生時代とは異なる生活への適応に苦慮していた。この頃は学生運動の激しい時代であり、会社も新人の思想や所属組織を巡って、疑心暗鬼になっていた。

社会に出て四か月、学生時代とは異なる生活という現実を実感している。昨日の昼休みに十四、五人で同期会の相談をしていたら、女子社員が来て「課長が、何しているか聞いてこいというのです」という。時々僕を呼んで、共産党とか組合とかの話をするのは気になっていたけど、こんな形で表現する上司だと知って、本当に情けなかった。

大きな組織の中の一細胞としての自分を考えなければならない毎日、理屈通りにいかないことは分かり切っているのだが、主体性が制限されるのが一番辛い。でも安心してほしい。こんな人物を本気で相手にして自分の身を危うくするほどバカではない。僕の勉強の格好の材料になりそうです。

正論は分かっているのに、正そうとする意識や行動に抵抗し反発する上司が多すぎます。昔から理屈屋だったけど、僕の考えの根本を覆してくれた人はいない。現実だとか修正不能だとか言って、逃げていく社会人の視野の狭さに怒りを感じる。理想をなぜ実現しようとしないのか。

君のいう通り、理屈通りに自己を運ぶしんどさ、企業の中で自分の理想を築きあげることの困難さ、君には理解していてほしいと思う。（Nさんから私へ）

高校に就職した先輩も、校長に一人ひとり呼ばれて「組合に入らないように」と言われ、否定しないと白い眼で見られるそうです。生きていくためには、学生時代とは違う生活に適応しなければならない。現実の生活の中で、自己主張と妥協との葛藤に悩み、苦しんでいる人は多いのでしょう。苦しくても逃げることなく主体性をもちながら妥協していく以外、今の選択肢はないでしょうから。社会の矛盾に最も自己を引き裂かれてきた人たちによって、歴史は変えられてきた。社会の矛盾に一番悩むのが青年であり、そこから貴重なものを掴むのも青年ではないでしょうか。あなたは、自己を殺して妥協のできない人です。私のように人の顔色を見ながら育ってきた者にはない、周りから汚されていない何かをもっています。無意識に朱に染まっていくほどあなたは鈍感でも、無能でもない。だからこそ悩み苦しみ、社会の矛盾に引き裂かれるのです。あなたはラジカルな主義者ではないけれど、自己の中核に矛盾を感知する「信念」を持っている。最後はあなた自身の理性を尊重すること、私は今のあなたの気持ちを尊いものだと思います。

スランプの時はその自分に没頭しましょう。健全で進歩、成長したいと思う人間である限り、スランプは新しい次元への入り口にもなる。そこから新しい何かを生み出す「創造的労働をする人」であってほしいと思います。

（私からNさんへ）

君の手紙は、新しいファイトとエネルギーを、未来のために送り込んでくれる。愛が磁石なだけに、その場の磁石にとどまるならば、それは真実の愛ではない。もっと深く二人の中に潜行し、そこから逞しい活力・生命力がにじみ出てくるものだと思う。愛による停滞は考えられない、進歩しかないと思うのです。

「創造的労働をする人になってほしい」という君の忠告、涙が出るほどうれしかった。一つの目標を掲げて、少しずつ前進していたのだが、君の忠告にムチ打たれた馬のように進み出すことができた。

僕のそばにいる君にそっとささやく。「頑張ろうね！」と。

（Nさんから私へ）

教えるという仕事（一九六六年 八月～九月　二二歳）

七月になると、男子学生の就職活動が始まり、教員採用試験と教育実習も近づいてきた。一般企業への女子の門戸は閉ざされており、公務員か教員を目指すしかなかった。都市部での教員の採用数は少なく、その倍率は驚くべきものだった。

先日は、京都府の教員採用試験日でした。私の受験番号は一〇五一八番、まさに天文学的数字、結果は当然のごとし、合格の通知はありませんでした。

友達の就職が決まっていくと、心が不安定になる。一生をかける職を選ぶからにはやはり大学関係の仕事に就きたい。そのためには大学院を出なければならない。私の前に残された道はただ一つ、奨学金を得るに足る卒業論文を書いて、大学院を目指すことのみです。親のすねかじりを脱して、奨学金とバイトで自立しなければ将来はない。もっと苦しい時期がこれまでもあったし、これからもあると思う。頑張るのみです。

（私からNさんへ）

九月になり、東寺の近くの公立中学校で二週間の教育実習が始まった。京大からの実習生は男子五人、女子三人、さまざまな学部に属する個性的な人たちだった。教育実習は予想外に忙しく、東京の彼にその様子を伝えたのは実習終了の一週間後だった。

八時二〇分に中学校に到着、職員会議後、二年生の四五分授業を一日三時間、ホームルームの世話や部活参加と、骨が折れました。授業準備は大変だったけれど、一言でいえば楽しかった、これに尽きます。

名前を覚えて、終始生徒の顔をよく見回して当てること。そのために、写真を見ながら四五人の生徒の名前を覚えるのが大変でした。講義を少なくして、歴史のエピソードや伝説を調べて生徒が参加しやすい授業にするために、準備に時間がかかりました。そのお蔭か、授業の評判はなかなかよろしかったようで、「いつも騒ぐ男子生徒が私の授業の時にはおとなしくしている」と同じ教生の男子学生がひがんょうか。

でいました。まだまだ可愛いのに、中二にもなると異性の先生に興味が湧くのでし

生徒の純情さは眩しかった。私への生徒の感想は、「板書をゆっくり」などありましたが、「授業が分かりやすい、明るくハキハキして気持ちがいい、気軽で話しやすい、先生みたいな先生が学校に居たらいいのに」と、かなり好意的なものでしたよ。

教生体験は面白く、私は先生に適役だと言われ、子持ちの女の先生の働く姿は実に逞しく、私もそうなりたいと思ったけれど、一生の仕事としてはかなり厳しい。私の体力で、几帳面で時間的余裕のない仕事を、妻・母と三立させられるのか、不安になったのです。

教員不足、特に若手教員の不足、この二年間の新卒採用は皆無だそうです。四五人クラスの運営と一日五時間授業、部活指導や生徒指導と、仕事量が多すぎて考える暇がない様子でした。教師が気力や情熱を失っていく学校の現状を理解できたとともに、教師が無気力になると途端に生徒がそれに反応する、それが教育の現場なのだということがよく理解できました。

（私からNさんへ）

君は素晴らしい先生ですね。多分、人に教える能力を持っていると思う。教えるということがどれほど意義深いことか理解したことでしょう。

僕の父親は中学校教師だったから、教育の難しさは良く分かる。次世代を育てる仕事には情熱と強い信念が必要です。先生の質と待遇の向上は国家の責任です。将来の日本、世界を背負って立つ子どもたちに夢と希望、情熱を吹き込んでいくのが教育者の仕事です。今後の日本社会が豊かになるかどうかは、教師による日々の教育にかかっています。

先生たちが情熱を失っていくさまざまな要因を知り、学校現場の矛盾を感じたことだろう。現実に妥協する時、情熱は生じない。忍耐や我慢と異なり、「情熱」は前向きな逞しさを感じさせるいい言葉ですね。僕たちも「情熱」を忘れずに頑張っていこうね。

（手紙　Nさんから私へ）

愛とは自分の心の問題（一九六六年一一月）

Nさんと離れてから、八か月が過ぎていた。研修期間を終えて急に忙しくなったNさんからの手紙は少なくなってきた。週末ともなれば、会えない寂しさが募ってくることもあるが、三年間の別離を想えば、それなりの覚悟をしなければと自分を励ましていた。

離れて八か月が過ぎようとしています。激しく会いたいと思うでもなく、深く浸透していくような心の安らぎ、穏やかさを実感しているこの頃、愛されることが愛することへと転換した結果なのでしょうか。あなたの懐かしい文字が目に飛び込んでくる時、なんとなくいつも、身体のどこかがジーンとなり目頭が熱くなる。なぜか分からないけれど、あなたの中にある何か非常に温かいものが私の身体に流れ込んで、涙となるのでしょうか。

離れていると、愛とは最終的には自分の心の問題なのだと思う。あなたからの愛が私に与えてくれた最大のものは、以前より生きることに執着するようになれたこと、生活と密着した感情の世界を描く力を与えてくれたことです。

婚約しているクラスの女友達は、「卒業したらすぐ結婚して、彼の子どもが欲しい。よく三年も我慢できるわね、あなたも我を張っていないで、東京へ行ってさっさと結婚すればいいのに。彼ならあなたの自由にさせてくれるんじゃない」といいます。でも、今の私には、とてもそんな生活は想像できないのです。

（私からNさんへ）

僕と結婚したら、自分の自由になると想っているのだったら、それは違うよ。自由の大きさほど、責任もある。君はそれが分かる女性だと信じてきた。

僕は、お世辞は言わない、ましてや愛する人には決して言わない。お互いに成長していかなければならないからね。

（Nさんから私へ）


机の上にコスモスがさしてあります。あなたの便りの一節、《僕のような人間にとって、秋は寂しいものです》を想い起こし、私も、私なりの孤独を噛み締めています。離れて暮らす私たちの心においても、その孤独はやはり私だけのものであり、またあなただけのものでしかない。それがいけないのではなく、別々であるという事実に素直でなければならないと思うのです。

私は今、幸せであるけれども、決して寂しさが無くなったわけではない。自分の寂しさに耐えかねて泣く時がある。誰のためでもなく、ただ自分の寂しさのためにのみ泣くのです。お互いを見つめて、反省しながら生きていくには、離れている今の状態も決して無意味だとは思えません。たとえ触れ合えぬ二人でも、懸命に了解しようとする努力は大切にしたいと思っています。

（私からNさんへ）

久しぶりの昨日の電話、一〇円玉を五〇個用意して公衆電話から掛けたのに、あなたの声をいつまでも聞いていたくて、言いたいことも言えずに時間ばかりが過ぎてしまいました。でも、お元気そうで安心しました。

来月から封書の切手代が一〇円から一五円になるようです。やっぱり私には、じっくりと時間をかけて心の丈を書く手紙が向いているようです。日々の日記のように、あなたにお手紙を書くのが私の楽しい日課になっています。私にはお金はないけど時間はたっぷりあるのですから、あなたからの返事は無理のない程度に、短いもので十分ですよ。それでも、期待しないで待っています！

（私からNさんへ）

理性と感情のアンバランス（一九六六年一一月）

一一月の京都は美しい紅葉が始まる。毎年この時期は、教授や大学院の先輩も参加する所属コースのハイキングが行われる。総勢二〇人、今年は鞍馬山を抜け、貴船川の上流で賑やかなコンパが開かれた。その帰り道、去年、交際を求められて断った一学年上の先輩が、またもやその話を蒸し返してきた。

昨日はコースのハイキングで、あなたと去年の初夏に歩いた鞍馬山から貴船へと歩きました。その帰り道、修士の先輩が追いかけてきて、喫茶店に寄りました。

去年の暮れに交際を求められた時、「婚約者が東京にいる」と言って、はっきり断りました。それ以後も付きまとわれて嫌な気分になり、「今のような態度はやめてほしい」と何度も言ったのですが、訳の分からないことを言うのです。

「僕という人間は物理的に感情を切ることができない性質だから、僕の態度を君に言われる筋合いはない。君のフィアンセも君を必要とするだろうが、それ以上に僕にとっては必要なのだ。君がたとえ東京に行こうと、追っかけていくのは僕の勝手だろう——」

彼の頭脳の鋭さ、記憶力たるや尊敬に値するところで、それなりに議論し吸収し合う楽しい面もあり、私を自分のアシスタントにしたい気持ちからか、本を貸してくれたり、院生の講演会に誘ってくれたりしました。

「自分の生は、いかに思索の抽象性のレベルを精神的に持続していくかしかない。思索を中止することは、自分の生命を殺すことだ」といい、状況に合わせて精神を切り替えていくことができないようなのです。他人の面前を気にすることなく、自分の気持ちを冗談のようになんでも平気でいう人で、私に対する感情表現もその類いなのだと安心していた面もあり、ひどく幼稚で憎めないところもある人なので、なんとなく受け流してきたのです。

大学にはこうしたアンバランスな人も多くて、この程度集中できないと学問という領域で抜きん出ることはできないのでしょうか。昨日もはっきり結婚の意思はないことを言ったのですが、こんなことで研究室に気まずい雰囲気を作りたくないし、相手が独特なパーソナリティーの持ち主ゆえに思案しています。

（私からNさんへ）

君が勉強し、思索する過程では、いったい何が終極の目標なのだろうか？　君の分野における真理を追究することに激しい情熱と青春のエネルギーをかけているのだろうが、思索のための思索だけではなく、君の学問の真理追究が、最終的には社会や人々の将来の方向付けにつながっていくことが目標なのではないのだろうか。エリート意識とエリートの弱さを感じてならないのだが、どうだろうか？

（Nさんから私へ）

卒論と進学に向けて（一九六六年 一一月〜一二月）

卒論の締め切りまで二か月を切った。《進学するためには、奨学金を得ることが不可欠、優れた論文を書かねばならない》、そんなプレッシャーと戦っていた。苦しい時には、彼からの励ましの手紙が支えとなっていた。

卒論に取り組むほどに、学問に自信がなくなって焦燥感が心を悩ます。能力の限界を感じる時、将来への不安が増大するのです。これだけ自己の力を尽くしている領域にさえ時に価値を見出せなくなり、ひどい無力感に陥る。だがまた、学問を執拗に追究している時、この上なく幸せであるとも思う。

人生は本来、投機的なものなのでしょう。安定を求めることだけが、安全な生き方ではないのだと考え直しています。

（私からNさんへ）

君と付き合ってから二年になろうとしている。それ以来君から同じ悩み、苦しみを聞いている。君の行動や言葉から疑問に思ったことを書いてみる。

君は知識の面では成長した、しかし君自身の成長とは全く別のものになっている。しかも、君はそれに気づいていない。刻々と変わっていく人生、その瞬間に対処できることが重要であり、まず人生の方向性を決める信念、主体性を形成すべきだと話してきた。

シンプル、それは自分の赤裸々な姿を受け容れることです。裸の自分を見られたくないから何かを着せて飾ろうとするからいけないのです。自意識、それは真の主体性ではない。主体性には自意識という衣は不要であり、毒だ。

不安→逃避→無気力という流れが生じるのは人間の弱さゆえであり、自然なことだと思う。自己防衛しようとすると、エネルギーを吸い取られて破滅してしまう。それを自覚してエネルギーを蓄えていくこと、持続させていくことが求められているのです。

君は安らぎという状態を持っていない。常に緊張しようとしてエネルギーの蓄えがない、出しっぱなしでは溜まりません。完璧を求めてはいけない。自分をみじめに思わない、限界があるのだから。それ以上考えてもダメな時は頭のスイッチをひねること。

前進のための、成長のための苦しみ、これは決して苦しいだけのものではありません。何事についても、自分で自分をコントロールすることができねばならない。賢明な人間が自分の心身をコントロールできなくてどうするのです。

エネルギーが枯渇した時には、時々一人で大自然の中に身を置いて、自分のペールを取ってみること、日々の行動に汲々としないこと、それが人間に必要なことだと思う。今一度、「狸谷山」の階段を上って、自然と問答してみたらどうだろうか。

（Ｎさんから私へ）

「自然への憧憬が逃避であってはならない」というあなたの言葉を思い出しながら、秋の夕方、詩仙堂から山手へ、「狸谷山不動尊」まで登っていった。

京都の街が見渡せるほど高い所にあるこの辺りは、木々の合間に霧が流れる。その中を二〇分も登っただろうか、修行の滝がある。座石に激しく叩きつけられる落下する水の跳ね返りに濡れながら、激しく降り出した雨の中で精神統一をしていた。次第にそこに私が立っているという意識が無くなって、滝と雨の中に還元されて一粒の水滴としてこの大自然の中に内包されているような、真空の状態でした。山中の人気のない、しかも滝と雨の激しい音の中で、初めは恐怖というか身震いを覚えました。そのうち、自然と区別されるべき意識が無になり、私は自然の一部としての存在に返ったのでした。いつかこの滝の水に打たれてみたいと思いました。

そこからさらに一〇分も登ると、二〇〇段に及ぶ階段の向こう、二〇メートルほどの山の岩肌の間に狸谷不動尊があり、その周りに石像が数体並んでいる。この巨大な光景が石段を上り詰めたとたん、私に覆いかかってくる。激しい雨と夕方の薄暗さと鬱蒼とした木々が、ひどく心に衝撃を与えた自然の姿でした。

そうした光景に衝突し、二百数段を一気に駆け下りた時、今までともすれば崩れそうだった私の中に、何か説明しえないファイト、自然に体当たりして跳ね返ってくるエネルギーが生まれてくるのを意識していたのです。　（私からNさんへ）

一一月に入って、やっと卒論の目途が立ってきた。あと二か月、軌道に乗ってくると毎日の勉強が思いの外楽しい時間となり、時を忘れて取り組む日が続いた。彼からの励ましの短い便りが頻繁に来るようになり、疲れると手紙に目を通して元気を貰った。


卒論の大体の構成ができました。フロムとマルクスの「疎外論」を中心に、社会変動と社会心理の相互作用が社会変革に与えた影響について考えています。

今月いっぱいで下書きをします。《やろう》と心が緊張している時は何とも言えない爽快感です。時間が経つのを忘れて、明け方になることもあります。充実感に浸っている時、そこに生き甲斐がある。それは学問においても愛においても同じことですね。
人間の偉大さは、想像によって現実を超える力をもち、創造によって現実に先んじることができる点なのです。卒論のためだけでなく、大学院への長いプロセスの一段階としての卒論に、自分のすべてを傾けています。常にプロセスを見通す意志と計画性を失わないようにと思いつつ……。

（私からNさんへ）

好きなことをやりたいと思うこと、やれるということ、その気持ちを常に持ち続けていることは素晴らしいことだ。人間は切羽詰まると底力を出すものですが、君は決して弱音を吐かない、君には苦しさを乗り越えていく強い力がある。
卒論提出まであと二か月、苦しいかもしれない。だけど、その苦しさを楽しむ余裕を持ってほしい。苦しみを乗り切った時、そこには素晴らしい君の世界が待っているかもしれない。そこに焦点を置いて、未来への努力を楽しんで欲しい。
最高の自由を持つことは最大の責任を持つこと、最大の自由と最大の不自由は紙一重なのです。

（Nさんから私へ）

卒論終了と進学決定（一九六七年一月～二月）

年が明けた一月の初め、四年間の集大成の卒論がやっと終わった。四百字詰め原稿用紙六五枚、資料等で九〇枚の大作になった。《この論文の評価で進学と奨学金が決まるのだ》と思うと、緊張もしたが、やりがいも感じることができた。


今日、卒論を提出してきました。評価がどうであろうと精一杯やったのです。あとは口頭試問と約三倍の大学院試験を残すのみです。

自我を殺してこれだけ没頭できることは、切羽詰まった時にしかありえない。こうした状態自体が、私にとっては一種の楽しさなのかもしれません。

（私からNさんへ）


この一年間、君が真剣に取り組んできた卒論、その評価がいかなるものであっても、その努力には自信をもっていいいと思う。一大事を乗り越えた経験は、将来必ず役に立ちます。

それにしても大学院入試が三倍とは、学問に賭ける人が多くなったのか、それとも就職難なのか、なかなか大変だね。

（Nさんから私へ）

今日、大学院の先輩からの電話で、教授が私の卒論を読んで「よく勉強している。彼女は大学院に行く予定なのか？」と、彼に聞いたそうです。彼が言うには、「まだ発表前だが、相当いい評価が与えられているようだ」と。奨学金も貰えることになりそうです。

（私からNさんへ）

うれしい便りをありがとう。これで自信を持てたことでしょう。君の力は決して小さいものではない。自信をもって、大学院の試験も突破してください。

（Nさんから私へ）

今日、研究室に行くと、若い助教授が親切な忠告までしてくれました。

「卒論は独創性が感じられたし、試験の成績もよかったから、奨学金は大丈夫、貰えるよ。だけど女性は結婚相手の借金になるから、事前に言っておかないと大変なことになるよ」

これで、この一年の計画はすべて予定通りに行きました。今年一年はあなたからの偉大なエネルギーを感じながら、自分の足で立ち、自分の力を尽くした気がします。

家庭教師として、二年半を一緒に過ごした高校生との別れを惜しんだ帰りの夜道、美しい星空を見上げ、愛することの喜びに涙が浮かんで、星が潤んでいました。

（私からNさんへ）

大学院合格、奨学金獲得、本当に良かったね。一年間の君の努力の賜物であり、心から祝福します。長かった、苦しかった、でも充実した一年間、本当によく頑張り通したと思う。

君の情熱とファイトは僕にとっても刺激になった。これからも永久に持ち続けてほしい。大学院に入れば修士論文が控えています。卒論の体験を生かして、今後の学問の道に役立ててほしいと願っています。

（Nさんから私へ）

卒業を迎えて（一九六七年 三月）

三月二五日、晴天の卒業式、母が前日から来て着物を着せてくれた。式後にテニス部に寄ると、二〇人ほどの後輩が一緒に写真を撮ってくれ、卒業祝いの色紙を贈ってくれた。着物姿のその写真を、さっそく彼に送った。

今日の卒業式、晴れ着姿を一番見てほしかったのは、あなたです。大学四年間、多くの人々に導かれてきましたが、あなたとの巡り逢いは私の人生の大きな転機になりました。人間不信、男女間の多くの疑惑を乗り越えて、人を信じること、男女の差別を超えた人間の関わりの可能性を、身をもって示してくれたのはあなたでした。心から感謝しています。

同級生はほとんど去っていきました。一種の羨望の目を向けられた私は、友達とは異なる人生の第二段階が始まります。でも大学院進学は、早く言えば将来の方向決定を延期したことに過ぎないのです。

自分の可能性を追求してみたい。私たちの描く生き方は困難なことかもしれないけれど、でも不可能ではない。私は精一杯あなたと生きてみたい、今、切実にそう思うのです。

（私からNさんへ）

卒業おめでとう。新しい門出の君の決意を読み、僕も君に負けずと頑張っていきたい。

僕の人生観に疑問を投げかけてくれたのも、漠然とした考えをはっきりさせてくれたのも、君でした。僕によって君が成長したと思ってくれることに感謝すると同時に、僕も君に感謝します。お互いの成長のために影響し合う、いつもこうありたいものです。

僕の思想と君という女性がマッチしたと言っていいでしょう。僕の人生観を君なら達成してくれるものと信じています。これは「女だから……」という今の社会に対する大げさかもしれないが、挑戦です。女性自身も「女だから……」と言われてもしかたがない行動をとっている人も多いが、男以上に優れた女性がいてもよいと思うのです。君のいう通り、理想的な考えかもしれないが、君となら二人で精一杯生きてみたい。

人間は各自、自分の生きる道を持つべきだと思う。来月から君は研究者としての第一歩を踏み出す。目標達成の計画を立ててコツコツと実力を蓄え、長期的な視野をもって頑張っていってほしい。

君が一生懸命に生きようとしているその姿勢に心惹かれるし、そのために努力している君が好きなのだ。君が学問に力を入れてよりよく生きていこうとしている時、僕はその君以外何もいらない。僕は君に、素晴らしい結果を求めようとは思わない。結果はその過程の努力、ファイトと情熱を伴うものであり、それなくして結果はあり得ない。

仕事に学問に情熱を欠いた時、その瞬間から退歩が始まる。人間には進歩すべき義務があるのです。僕は、目標を持つとそれを信念として生きていく面がある。離れているけど、一つの目標に向かって頑張っていこう。愛情と信頼、海面は荒れていても、その底にはずっしりと安定した世界があるものです。

（Nさんから私へ）

結ばれるということ（一九六七年　三月）

大学を卒業し、大学院進学も決まった。東京と京都、遠距離恋愛もやっと一年、会話のように手紙を交わしながら二人の関係を育て合ってきた。そして二年目を迎えた春、加山雄三の「君といつまでも」が甘く流れる信州のスキー場で久しぶりに再会した。

今は、迷いに迷った末に、しっかりと守り育ててきた愛を深めていきたい気持ちだけです。ゆっくりと、そしてずっしりと私の全身を包み込んでいく信じられないほどの偉大な力を感じています。あなたの胸にすべてを埋めて、満ち足りた本当に静かな真空の世界に、安らかに沈んでいきたいと思っています。

（私からNさんへ）

僕たちはね、もう理屈を通り越したところにいるんだよ。我々の心が目に見えない愛情と信頼で固く結ばれているのだと思う。

僕たちが離れていても強い愛情と結びつきを感じるのは、君と僕の関係を成長という視点でとらえているからだ。お互いの支えは精神的なものだけど、肉体的に結ばれることは二人の関係をより強くすることになるだろう。二人で力一杯、その成長に努力していきたいものです。

（Nさんから私へ）

(三) 礎としての愛――ジェンダーと自立

一九六七年四月、彼は社会人二年目を迎え、私は大学院に進学した。所属コースの大学院進学者は五人、私と同年齢の男性が二人、年上の男女が一人ずつだった。

学生運動と大学紛争の一九六〇年代、大学院生活の悩みの一つは学問や思想への不安とそれにまつわる先輩や知人の自死、二つ目は女としての将来の進路と結婚だった。

いよいよ大学院での生活が始まる（一九六七年 四月〜六月　二二歳）

いよいよ大学院での新たな世界が始まりますね。君はやれる人です。改めていうまでもなく、君の生のエネルギーを燃やして取り組んでほしい。

君の周囲は学問という共通の世界に生きる人間の集合体であり、自分の志す問題にのみ没頭でき、自分の信念に従った生き方をしていけることは、本当に羨ましい。

我々会社に入った者にはそれが許されない。そこには時間的制約がある、学生時代のペースを妥協の下に抑えていかねば食っていけない。だから僕は、現時点の自分の環境を認めて、その中で最大限、自己の向上に努力することにしているのです。

大部分の人はこの巨大な社会の下で自分の生を歩んでいく。僕は彼らの中にあって、あくまで実践と理論の両方を兼備した幅広い人間に成長していきたいと思う。この点では自己満足であり、利己的である。今のところ僕はこれでよいと思っている。

いま一度いうけど、そんな君が羨ましいし、恵まれていることを自覚すべきだと思う。僕の学問に対する憧れを理解してもらいたい。

（Nさんから私へ）

叔父がフルブライト奨学金を得てドイツに、先輩がアメリカに、私の周囲でも留学する人が増える時代になりました。
大学院のこの二年間を、将来のために充実したものにしていくつもりです。一年目は少し広い視野で勉強し、二年目は修論に尽きると思います。学問に生きていくことに情熱を傾け続けられるか、時に無力さを感じることも確かですが、若手の研究者の論文を読んでいると、感心すると同時に「負けられない」とファイトが湧いてきます。常に自分が書くという気持ちで読むと内容もよく分かり、自分の観点が明確になります。
話し合ったように、今は修士を終えたら、就職して結婚するつもりです。就職するとなればその対策もしなければなりません。学問への情熱が消えたわけではないけれど、一度は社会に出て、どうしても勉強したいと思えば、再度大学院に戻ることも考えないわけではありません。

（私からNさんへ）

僕は今、東京で社会人二年目として、僕なりに真面目に勤めているが、会社で生命をかける仕事の探索に迷いを感じている。理論を実践に移そうとするほど、社会的な矛盾や激しい抵抗を感じて仕方がない。人間性を尊重することは社会進歩と矛盾するのか、分からなくなった。議論する相手が、解決手段の手がかりが欲しいと思う毎日です。

　入社以来、仕事の中で取り組んできた人事管理について、業界内の勉強会が開かれることになりました。僕が一番若い参加者ですが、僕の考えた取り組みが評価され、勉強会の内容が業界誌に掲載されました。初めての原稿料はうれしかった、欲しい本が買えました。将来もこんな機会を得られるよう頑張りたい。真理を知り、視野が広くなることは本当に素晴らしいことだ、精一杯、努力していこうと思っている。

　自分の成長の刺激になればと、今週から週一回、会社帰りに都内の大学院の夜間講座に通います。社会に出てからの勉強は能動的だから、三時間は苦痛ではない。僕も君に負けずに、学問に対する新鮮な情熱を持ち続けていきます。

（Nさんから私へ）


　送られてきた業界誌の記事、じっくりと読ませていただきました。先輩諸兄を相手に、独り舞台のような素晴らしい内容でしたね。満足のいくものに終わり、若いうちに人前で意見を述べる経験ができたことは将来必ず役立つことでしょう。大学院のナイターなど、社会に出てから頑張っているあなたの姿を身近に感じて、私も励まされています。お互いに負けられませんね。

（私からNさんへ）

大学院生活での悩み

学部と異なり、大学院の人間関係は友人関係というより先輩と後輩、教授と院生という上下関係が強い。院生と指導教授との関係は強く、先輩の男性院生たちは教授宅でのインフォーマルな飲み会を通して、研究室の情報が上から下へと伝わっていくのが恒例になっていた。

私が大学一回生の頃に、敬愛していたT先輩が大学院進学を止めることを決心した時、「講座教授の力が強すぎて、大学にも、学問の自由や中立性なんてものはないのだー」と語っていた言葉が蘇ってくるようだった。こうした状況が、一年後の全国的な大学紛争につながっていく伏線になっていたのだろうか。

大学院に入って、私の生活も研究室での位置も変わりました。「大学に残ろうとするならばそれなりに教授との妥協に骨を折り、付き合い方を考えねば」と忠告してくれる先輩もいます。この頃ほど大学の保守性を感じることはありません。

昨日、院の先輩が研究室のことで話があるというので、夕方会いました。

男子院生には、私が所属する講座の主任であるG教授宅での私的な飲み会でインフォーマル情報を得る暗黙のルールができ上がっていて、研究室の情報とともに女子学生のことも話題になるようです。G教授が私のことを、「たくさんの女子学生を見てきたが、彼女はちょっと違っている」と、かなり好意的に見られているようだというのです。

この先輩は去年、交際を求められて断った経緯がある人なので注意はしていましたが、人気がない店の奥隅のボックス席で、話の途中に突然抱き付かれたのです。必死に抵抗すると、相手のシャツのボタンがちぎれて飛びました。怖くなって飛び出したのですが《このままではいけない》と思い、出てきた先輩に「二度と付き合わない」ときつく言いました。しかし、「一種の衝動的行為に過ぎない……」と弁解した上に、「君の眼が僕の心を挑発するのだ」と勝手なことを言うのです。

この先輩から研究室の情報を得ることは好都合で、安心感を得ていたことを反省し、このような出来事があったからには、今後は先輩後輩の関係は結べないことを痛感しました。この先輩が助手にでもなったら私の院生活は絶望的です。男社会に生きていかねばならない私はどう行動すればよいのか、大学院が閉鎖的社会であることを痛感しました。身を引くことは易しい、だけどそれは私にとって一種の死にも等しいものです。

（私からNさんへ）

彼とのインフォーマルな場は決して作らないでほしい。彼に巡り合ったことは君にとって少なからず不幸であり、この二年間エネルギーの無駄を余儀なくされそうですね。しかし、こんなことで決して負けてはいけない。学問は自分一人でも十分できるものです。

君が住んでいる大学という世界でいろいろな人と付き合い、その時点でしか吸収できないものを得ることは大切なことだと思う。その中にあって、君だけは、環境に感化されない純粋さを忘れないでほしい。学問は自己を成長させるため、真理を追究するためにするもので、利益を得る目的でやるものではない。その努力が必然的に身を立てることになる、それは結果であることを忘れないでほしい。学問を生きる手段と考え、地位とか名誉を求める前に、学問に純粋に没頭する態度を今一度、再認識してください。

（Nさんから私へ）

三〇歳を超えないうちに何かを掴むことだと思います。まずは土台と柱を築くこと、それも頑丈なものを。大学院に入った本来の動機を思い出して、初心に返って出発してほしい。

しばらくして、先日トラブルがあった先輩から、詫びの手紙と自作の詩「晩秋の悲歌」が届いた。彼の行為は決して許されるものではないが、彼の思いが言葉となったこの詩は、青年の孤独と寂しさを伝える心の叫びとなって、私の心を揺さぶった。

とても今夜は静かです　　ポットの音がしています
僕はあなたを想ってる　　僕にはあなたがないのです
それで苦悩があるのです　　えもいわれぬ弾力の
空気のような空想に　　あなたを描いてみるのです
えもいわれぬ弾力の　　澄み渡ったる夜のしじま
ポットの音を聞きながら　　あなたを夢見ているのです
かくて夜は更け深まって　　犬だけ目覚める秋の夜は
影とタバコと僕と犬　　えもいわれぬカクテルです

将来の進路に迷う日々（一九六七年 九月～一二月　二三歳）

大学院に進学して、何のために学び論文を書くのかに迷い、学問を社会に役立てるためには、就職して社会に出ることが望ましいのではないかと思い始めていた。大学院の女子学生の扱いに疑問を感じる出来事が重なったからだった。

修論の大体の構想が決まりました。修論に取り組むに従って欲が出て、進学したい気持ちが湧いてきます。でも、研究室・大学というところも男社会で、他コースの修士卒の女性を助手に採用する件で揉めていましたが、見送られたようです。《女は結婚すればいい》という考えが支配的で、私もその風当たりを覚悟しているものの、偏見らしきものにぶつかる度にその枠組みを切り崩すためには、実力で認めさせる以外に方法はないと思う。女であるという逃げ道に甘えないように覚悟を決めています。

（私からNさんへ）

今日の講義は討論方式で面白いのですが、男性が吐き出す紫煙の中での三時間、女子二人は何を食べてもいいとのことで、私はチョコレートやガムを食べ、水を飲んで喉の違和感を和らげていました。

学問に対する情熱が消えたわけではないけれど、大学に残り研究を続けていくことが、不安定な経済状態と将来への不安を乗り越えて進むだけの強烈な欲求なのか、自分に研究者としての能力があるのか、悩んでいます。留年する先輩も多く、二年間で意味ある論文を書くことは相当な能力の持ち主でないと望めません。

母が「なんであんただけ、そんなに頑張らなあかんの？」と呆れた顔でいうけれど、自分の生き方にふと《しんどいな》と思う時もあるけれど、書物の中に透明なまでに澄んだ気持ちで没頭して生きる実存的時間を愛している、そんな自分に満足している私もいるのです。

第一希望は博士課程を出て大学関係に就職することですが、私のコースには博士課程に進学した先輩女性はいませんし、東京方面への就職実績もありません。修士出の三人の女の先輩は結婚してやめたそうで、私も同様に見られているようです。男子のようにG教授宅での飲み会に参加して、教授と個人的なつながりを深め、情報を得ることも難しいし、できればしたくないのです。

今考えている私の論文テーマは、おそらくG教授の担当になります。女性の地位に保守的な意見を持つ教授との隔たりは十分予想できます。コースの人事もこの教授の手に握られていて、私の実力とこの教授の評価からみて、教授の分野や思想にマッチした内容の論文を書かない限り、二年間で博士課程進学は無理かもしれません。こうした現状を考えれば、就職することが最善なのだろうと考えています。

（私からNさんへ）

保守的な教授の下でやりにくいことだろうが、要は真理を求め、自己を成長させることですよ。院に入った動機を今一度思い返して、煩わしい問題をできるだけ簡略化して、君の成長のためにエネルギーを使うべきだと思う。

僕たちの将来は、「常に前向きに生きること」を基準にして、くよくよせずに前進する姿勢を忘れないことです。その他のファクターはこの基準から判断していけばよいのです。

（Nさんから私へ）

そんなある日、博士課程の先輩の一人が退学した。学生運動と博士論文作成を両立させることができなかったからだ。

博士課程の先輩はとても優秀な人なのですが、博士論文ともなるとただでさえ大変なのに、学生運動が忙しくて書けなかったようです。「奨学金を食いつぶして何をやっているのだ！」と教授たちに叱責されて、決心を迫られたそうです。

　私の学問は現実の事象を明快に分析できる日が来るのか、悩んでいます。私の部屋には三〇〇冊を超える本がある。膨大な事象が誰かの手にかかって三〇〇ページの一冊の本になる。その著者はどんな意思でこれを書いたのか。《書物を通して現実の事象を再構成しようとする試みは、本当に現実に近づいていくことになるのか》、そんなことに悩みながら机に向かっています。　（私からNさんへ）

　今の君の心理状態を推測すると、その原因は学問の奥深さの中での自分の位置づけの不安であろうが、それは社会における位置づけの不安と同様だと思う。考えたい人間にはこの苦しみは必然的に起こる現象であり、そこから進歩が生まれるのです。

　君の前向きな姿勢には感心しているが、一方でその姿勢とアンバランスな、精神的に不安定な君も知っている。

　それは、自分というものへの認識不足からくるのではないのだろうか。今、君は自分の弱さに負けようとしている。哲学者の言い古した言葉だが、自分自身の「弱さを知る」ことは強さに転じていく分岐点です。「苦しみを楽しむ」「主体性をもって流される」、これは僕が学生時代に得た自然なものの見方です。

焦るよりも地道なプランを立てること、計画に沿って歩を進めていくと、意外に良い結果につながっていくようです。

（Nさんから私へ）

今日は、彼からうれしい便りが来た。しばらくは、地方転勤がないようだという。

昨日、目をかけてくれる上司から、「入社の時から君に注目している、君の将来にとって最も良い部門を見つけてやるから、僕の任期中は君の進退は任せてくれないか」と言われ、「勤務地はどこがいい？」「東京です」「結婚は？」「再来年の予定です」と答えておいたので、しばらく地方転勤はないだろう。

再来年は就職して東京で結婚してほしいと思う。博士課程に進みたい君の気持ちが分かる故に心苦しいけど、社会の現実を見て、真の学問の必要性を実感してみるのもいいのではないだろうか。学問を社会に役立てるという意味ではこの方がいいと思うのだが。社会に数年出て現状を知り、大学院に戻ることも考えられるのだから。君のよしとすることならできるだけ応援するつもりだから、後悔のない人生になるように。

（Nさんから私へ）

地方転勤が少なくなりそうだというお便り、この上もなくうれしく読みました。これが私たちの将来の一番の難関でしたから。あなたの努力に感謝するとともに、自分の将来への取り組みに、主体性をもって頑張っていかねばと覚悟しています。

（私からさんへ）

修士論文の構想発表会まで、あと二日になった。就職することを決意したので、大学院に残るために考えていた修論のテーマを、本当にやりたいテーマに変更した。

私の問題意識は、幸福を求めて人々が競争している学歴取得とその結果としての実際の社会移動が、社会階層、性差によってどのように異なるのか、国際比較データを用いて分析することです。中でも、女性の人生選択と教育との関連を調べてみたいのです。私の生い立ちにも関連する事柄ですし、これからの女性の地位向上に貢献できると思っています。

今までの私は、「女」ということをなるべく意識しないで生きようとしてきました。その裏には、女性の現状を見、女性史を読みながら「女の歴史の惨めさ」に感情的痛みを覚え、嫁姑のように抑圧された女同士がいがみ合い、それがまた女の弱点と見なされる歴史的不条理、そこからなるべく逃避したい気持ちが無意識にあったからでした。しかし今、その感情論を乗り越える勇気が必要だと思う。

そのためには、家族制度と女子教育との関連、戦後の家族制度の廃止と女子教育の変化、今後の可能性について掘り下げてみること、数少ない女子学生には、このテーマを研究する義務があると思うのです。

（私からNさんへ）

学問・思想の挫折からのE先輩の自死（一九六八年二月　二三歳）

私が大学に入学した一九六三（昭和三八）年頃は政治を巡る学生運動が激化しており、大学院生になった一九六七（昭和四二）年頃からは、大学の在り方を巡って学生の造反運動が激しくなっていった。一九六八～六九（昭和四三～四四）年にかけては、大学制度改革を求める学生運動が全国に広がり、日大・東大闘争を始め、全国の主要な国公私立大学で継続的にバリケード封鎖が行われていた。

こうした時代の波は、学生の思想と学問に多大な影響を与えた。人間にとって学問とは、思想とは何なのだろう。《学ぶことは生きることを妨げるものなのか》、少なからず動揺させられる事件が続いた。

大学院進学の動機には、学問がとにかく好きだから、学問や思想によって世の中の変革に貢献したいから、貧しくても自分の思想にこだわった生き方をしたいから、などが多い。進学者には、対人関係が得意な外向的な人よりも、自分の世界に籠もって熟考する内向的性格の人が多い。内向的でこだわりが強い人ほど、日常生活との葛藤に陥りやすく、生死の狭間に悩むことにもなる。性格に加えて、学問や政治運動の挫折と若者特有の失恋の痛手が重なると、死を択ぶ確率が増すようだ。思想の挫折と温かい人間関係の喪失は、若者から生きる力を奪う原因になるのだろう。E先輩はその典型のような人だった。


二月末の寒い日、その夜は一年先輩のE君の葬式だった。式は友人の手で行われたのだが、大学院の連中はみな同じような悩みを持つ仲間だけに、他人事ではないのだ。

式の間、時々つんのめって泣く一人残された母親の姿の中に、親の気持ちを痛いほど感じて涙が止まらなかった。父親が病気で亡くなり、昨年この地で母子の生活が始まったのだそうだ。

結局、遺書もなく原因は憶測するしかないのだが、将来への不安と人間関係に自信が持てなくなったということらしい。

修士課程修了の二か月前、E先輩は母親と指導教授を訪れて将来を相談し、友達とも話し合っていたという。専攻分野が定まらず修士論文のテーマが曖昧だったこと、自己の研究能力や将来への不安に重ねて、母親への負担感が強かったようだ。学問だけに賭けてきた内向的な性格と、多面的に考えることができない性分ゆえに、信頼する友人も少なく、自分を追い詰めるタイプであったことなどから、最後には教授にも友達にも見放されたと感じたようだという。

自死の一週間前、修士論文の口頭試問の時には一言も言わずじまいで、その頃からボオッとした様子だったらしい。修士論文の評価を気にかけていたが、博士課程進学の登録をした夜は、珍しく遅くまで友達と飲み、帰宅後の出来事だった。

「博士課程の届け出をして、教授にも助手にも話をしてきたから安心してくれ。今日は一緒に寝ようね……」

帰宅後、母親にそう言うと、母親の隣に自分の床を敷いて寝たという。そして、翌朝早く物置で発見された時にはすでに亡くなっていたそうだ。

半年後に編集されたE先輩の遺稿集に、彼の魂の声を聴くことができた。生きる苦悩と魂との葛藤、残される母を思う心、心身の病弱と死への傾倒が記されていた。

『群衆の中に身を匿わんとすること、それは一個の本願的な欲望である。訳もない懐かしさと、訳もない悔蔑に翻弄されながら、群衆の中に深く落ち込んでいく。

群衆の中は、起出への意志の跳躍台が何であるかを、逃れようのない感性的な直覚でもって突き付ける場所である。神に至る最も高い踏み台は群衆である。』

学生運動に飛び込み、そこから離れざるを得なかった、しかし決して離れてしまうことができなかった思想との葛藤、中学時代からずっと秘めてきた淡い、本当に夢のような愛と肉欲の否定との闘い、音楽への逃避。彼に普通の体力と支え合う愛があれば、どんなに厳しい葛藤にも耐えられたのかもしれない。

生と死の狭間に漂う心（一九六八年二月）

心身が無気力になると、私はジャズ喫茶に出かけ、クラシックではなくビートの効いたジャズのリズムに身を任せて、元気を取り戻そうとしていた。半年前に、大学近くのジャズ喫茶で出会ったのがAさん、腰まである長い髪と虚ろな眼差しが印象的な女性だった。社会人から大学院に進学してきた彼女は、文学をこよなく愛し小説を書き続けていた。何度か出会ううちに、心を開いて話せる数少ない年上の人になっていた。

Ｅ先輩の件で気が滅入っていた私はＡさんに会いたくなって電話すると、彼女は気だるそうに言葉をつないだ。

「死ねたＥ君は幸せだわ。死んだ人は一種の幸せがあるかもしれないけれど、死んでいるのか生きているのか自分にも分からない……」

一昨日は雪だった。Ａさんは、急に雪の金閣寺が見たくなって夕方飛び出していき、その夜、寺の仮番小屋で夜警のバイトをしていた学生に身を委ねたという。その相手は、睡眠薬を常用している人だという。

「その人から電話がかかってきて、ずっと彼の下宿で泊まっていたのよ。昨夜から出血が止まらなくて、妊娠したのか傷ついたのか、もう何もかも嫌になって、あなたの電話がなかったら死のうと思っていたのよ」

Ａさんにとっては、その瞬間に自分のすべてを賭けて生きていることの確認ができれば、すべてがどうでもいいのだという。食べることさえどうでもいい、三日間にうどん一杯しか食べないこともあるというのだ。

彼女にとってのセックスは完全に精神から切り離されており、相手に求められるとつい衝動的に応じ、快感があるわけではないがその瞬間だけはひどく自分が弱くなり、生きているという実感がするのだという。現実と空想の境がはっきりせず、小説を書くことが唯一の心の支えである彼女にとっては、その行為も、現実としてよりも一種の空想として映るものであり、その世界がすべてなのだ。

長年思い続けてきた彼に会うのは年に一、二回、去年の秋には三か月間、「私を忘れないで！」と毎日便りを書いたのに、一通の返事も来ない。精神的にのみ愛し、彼の身体に触れることさえ想像がつかないという。不特定多数の男と会話をするように行為をする、相手の欲望に沿ってあげたい、相手を満足させてあげたいと願う彼女の姿は、彼女自身の望みそのものなのであろう。《彼を忘れられたらこの人と一緒になろう》と、他の男と寝る。自我を殺して自己の辛さに耐える状態は、生と死の境さえもどうでもよくなってしまうようだ。彼女の精神はもはや死んでいるに等しい、正常な意味では生きられないのだから。

彼から得たい行為を、こうした形でしか表現することができない彼女を、私は決して嫌いになれない。その行為を通して、やはり彼女は人間の温もりを求めている。彼女の愛によって、相手の中に愛を生み出す行為を希求しているのだろう。

人間は所詮、孤独な存在であり、それゆえにその崩壊は美しいともいえる。彼女には

《既成の概念に囚われない空想の世界に生きる》という哲学、生き方がある。肉体は死滅しても精神のみが生きている。肉体に起きることは精神から独立しているのだから。

しかし彼女のそれは、人間崩壊というよりも、私にはもっと逞しい創造へのエネルギーに結びついていくような予感がする。だから、ごく平凡な私にはそれが一種の生への強烈な魅力として引き寄せられる時があるのだ。

生と死の境なんてほんの僅かなものだと思えば、生死も自然のこと、日常的な出来事のようにも思われる。根底に生きることへの不安と孤独がある私の心も、少なからず動揺する。彼女が今、大きな温かい愛に飢えていることがよく分かるから。

彼女は死ねないだろう。しかし正常な意味では生きられないだろう。彼女が私の存在を思い出した時、黙って傍にいて心を傾けて聴くこと、静かに泣き続ける彼女を抱き止めること、今の私にできることはそれだけなのだから。

さまざまな愛のありよう（一九六八年　五月）

比叡山からの風が心地よい五月の深夜だった。机に向かって本を読んでいた私の部屋に、同じ下宿の四年生W子がドロドロに酔って入ってくるなり、後ろから抱き付いてきて泣きながら大声で叫ぶ。

「一人では寂しくて生きていられない。死にたい！　殺して！」

以前に同じサークルにいたW子は、「彼氏ができた」といって早々に退部していった。一回生の頃から四年越しの恋愛をしていた三歳年上の大学院生の彼と結婚の約束をしていたが、彼女が引っ越してきた時に、トラブルがあって別れたことは聞いていた。

その原因は、飲んで酔っ払った時に、男友達が酔った彼女を犯した事件に始まるという。

そのことをその日のうちに彼に打ち明け、「別れてほしい」と言うと、

「許せる、もっと自分を大切にしろ。君を確かめたいー」

そう言って、彼はW子を下宿に連れて行ったというのだ。


一日のうちに男友達に犯され、そのあと何時間も経たないうちに彼と寝る。彼の愛を裏切った痛みと、その時の彼の態度に傷つき許せなくなる自分自身。男たちの真意を受け止めきれない彼女の心の混乱が叫びとなる。

泣きながら畳をこぶしで殴りつけ、断片的に絞り出すように叫ぶのだ。

「自分が三年間、すべてをかけてきた愛は本当の愛だったのだろうか。私は彼の愛に応えるだけ、彼を愛してきたのだろうか……」

「よく覚えていないけれど、自分はあの時、抵抗し尽くさなかったのではないか……。
あの時、一瞬彼を思い出したのだけれど、すぐ消えちゃってよく覚えていない……」
「犯された相手と今でもしゃべっていられる自分は、おかしいのではないだろうか……」

女には体力的に怯え、身を守ることが必要になる時がある。彼女の場合には、身を守りきれなかった自分への疑惑と彼が取った行為に納得できない自分がいるからこそ、肉体的のみならず、精神的にも二人の男に犯されたという不信感に苦しむのだろう。

彼女の背中をさすり、しゃべり疲れるのを待ちながら、共に涙する以外に私にできることはない。そして思う。私が彼女の立場だったらどうしただろう、これからどうするだろう。こんな時、私の彼だったらどんな行動をとるだろう、それを私がどう受け止めるだろうかと……。

人間は理性的には自己の行動を制御できるのかもしれないが、感情的にはできなくなる時があるのだろう。私は《性悪を信じながらも、それを認めて性善を期する》という態度を信じようとしてきた。人間には性的衝動を抑制できない時があるからこそ、性は不快なのだ。愛のありようは、時に神が人間を試す機会となっているかのようだった。

それから八か月後のある朝、その頃病気で実家に帰っていた私は、新聞を見て驚愕した。W子が別れた相手が、遺書を残して電車に飛び込み自殺したのだ。友達によると、「学問に限界を感じた。生きているのが嫌になった」という内容だったというが、W子が心配になって彼女の友達に問い合わせると、事件があった日からずっと行方不明だという。

この二年間、学問は決して人を救うばかりではないことを思い知らされる事件が何回あったことか。その都度考える、人を根本から救いうるものは何なのだろうかと。

聡明な人より温かい人の方がいい（一九六八年一〇月）

一九六八（昭和四三）年、京大も大学紛争の大きな渦中にあり、レンガ造りの時計台は占拠され、学生運動の二つの組織と教官のマイク合戦が毎日のように続き、大学も決して安閑とした場ではなくなっていた。

すべてが流動する時代、そんな不安な時期に、女子学生のS子が京大入学後の秋に自死した。この出来事は私たちに大きなショックを与えたが、しばらくして、彼女の母親の手記として、その詳細が婦人雑誌に掲載された。

S子は小さいころから常にトップクラス、やり始めたら途中で投げ出すことのできない娘だった。大学入学後は思想サークルに参加し、小説を書き、絵に音楽にと時を過ごす。

家にいる限り自己の精神的自立は得られないと、S子は父母の反対を押し切って吉田山に下宿する。昼夜逆転の生活の中で、語学と小説、詩の創作の中に埋もれていく。

「恋愛もできず、結婚も決してしたくない。私は職業をもって一生勉強しながら生きていくのだから、お母さんと一緒に私の給料で暮らそうねー」と言いながら……。

S子の両親は戦後間もなく大学の文学サークルで出会った。文学論を戦わす中で結ばれ、学生結婚してすぐに子どもができる。S子の父親は子どもを望まず、

「僕は君だけで満足だ。自分に似た子は望まない。生まれてくるなら君に似た、君にそっくりな子がいい」

と主張し、そしてS子が生まれた。子どもに夢中な一年半が過ぎた頃、S子の母親は着々と勉強する夫と成長していく娘の姿に、何もしないでいる母親という自分に言い知れない焦りを感じるようになる。焦れば焦るほどジレンマに陥り、遂に神経症で入院するまでになる。

退院後、母親の心が小説を書くことに傾いていくにつれ、夢中で書き、夢中で文学仲間と語らう日々に、父親の心は学問へと没入していく。夢中で書き続けた数年、母親は書き

出すと、愛している娘のことも眼中に入らなくなった。娘のことを友人、文学仲間のような大人の愛で包んだようだ。それは母娘というにはあまりに厳しい関係だったのかもしれない。

そんな父母の下で、S子は聡明に成長し、じっと黙って父母の生活を見ていた。書けないスランプの母を慰め、そんな母を批判というよりも同情の眼差しで見ていたという。「聡明な人より、温かい人の方がいい」と言いながらも……。

死はあっけなくやってきた。死ぬ直前の日記には、母への批判と否定が綴られていた。母親の激しさを愛しながらも、同時に反発する心も強くなっていったのであろう。

残された母は、手記の中で自己分析をする。

「私は母親らしい役割を何もしてやれなかった。娘の防波堤になってやれなかった。小説など書かなかったら、娘は死ななかったという人がいる。そうかもしれない。しかし、私にとっては生きることは書くことだった。下宿をさせなければ死ななかったという人もいる。しかし、彼女が成長するためにはそれが必要だったのなら、仕方がなかったのだ。」

E・フロムは『愛するということ』の中で、母性愛について述べている。

『母性愛とは、一つは、愛する者の生命と成長を積極的に保護するために必要な気遣いと責任である。他の一つは、「生きていること」「子どもであること」「生を受けたこと」のすばらしさの感覚を子どもに与えることである。』

S子の自死の原因は、本当に家庭の人間関係の複雑さや下宿生活の孤独だったのだろうか。極めて聡明な彼女のことだから、もっと複雑な心境が絡み合っていたに違いない。それは、実年齢をはるかに上回る、精神的早熟さを身に付けてしまった悲劇だったのではないのか。生きていること、子どもであること、生を受けた素朴な幸福感を味わう前に、複雑すぎる大人の世界に飛び込んでしまった早熟ゆえの悲劇だったのではないだろうか。年齢相応に生きるための心と身体のバランスを失ってしまい、将来への不安を予測し、その不安を受け止め客観視するだけの心の容量、器が整わないうちに肉体が悲鳴をあげ、死を招き入れてしまったのではないだろうか。

それとも、青年期における永遠への渇望、青春真っただ中の自分自身を永遠に凍結しようとする激しい欲望、「自己愛」だったのだろうか。

大学生のS子が母親への失望と寂しさから死を選んだとすれば、時期尚早ではなかったのか。あと数年もすれば、女性としての母親の心情に共感し、相対化できる人間に成長することによって、死を選ばなかったのではないだろうか。

　娘の気持ちの推測とともに、私は母親の生きたい心情にも共感を覚える。自己の生に忠実に打ち込むことは、母親には許されないことなのか。女が自己の成長のために生きたいと思い始めた時、結婚すべきではなかったのか、子どもを産むべきではなかったのか。自分の生に忠実すぎるほど自己に厳しい母親は、子どもにもその厳しさを押し付けることになり、その厳しさゆえに自己をも子どもをも傷つけることになってしまうのか。

　同時に、この母親の心情に共感する自分自身が恐ろしくもある。私が子どもを産み育てることになった時、自分の生き方に忠実であろうとするほど、同じような悩みにさいなまれることになるのではないか。結婚が恐ろしくなる一方で、一歩一歩その方向に傾きつつある自分自身の心にも、薄々気づいている。


結婚への再びの迷い（一九六八年 七月　二三歳）

　下宿の郵便ポストを開けると、同じクラブだった二年後輩の女友達から手紙が来ていた。京都育ちの彼女は、大学卒業と同時に交際していた先輩と結婚して、四か月前から九州に住んでいたが、彼女の新婚生活の悩みは他人事ではなかった。

結婚して四か月、「家には可愛い奥さんがいて、着々とマイペースで仕事をする彼を見ていると、嫉妬の気持ちが湧いてきて欲求不満をぶつけてしまうのだけれど、今日も出張で相手はおらず、ケンカもできない。とにかく今は最低の状態です。夫は短期に突然の転勤があるそうで、私の就職活動もままならない」と彼女は言うのです。

私にもこんな生活が来るのかと思うと、結婚が怖くなるのです。この頃の二人はレールみたい、どこまでも続いていながら決して交叉することはない。あなたとの間が安定してくるにつれて、今の生活に未練が生まれてくるのは不思議なことです。結婚の必然性が感じられなくなってくるのです。

でも私は今、あなたを失う決心がつかない。あなたを失うと人間を信じる心が動揺する、そして自分自身が分からなくなってしまう。それでも、あなたとの生活に私のすべてを見出す気持ちには、やはりなれない。自分の目標を持ち、自分の力で遂行していく時の、あの充実感を抑えられない。

一昨年から神戸に住むようになった父母、とくに母は、私には学者と結婚して関西に住んでほしいと思っているようで、実家に帰ると見合いの話ばかりです。具体的に目下二件あり、一つは半年後にドイツに留学する予定の医学生、もう一人は叔父の知り合いの学者の卵です。親は「会ってみて、私の条件に合えば考えてみてもいいのではないか」と言います。

条件の揃った結婚か、お互いの生き方を尊重する結婚か、何度となくこの選択に揺れながらも、愛とは信じること、信じるとは内なる信仰であり、あなたに対する祈りであると思います。こんな自分が好きですが、それでも迷う時があるのです。

（私からNさんへ）

君が将来の我々の生活と自分の人生を考えて苦慮するのは、僕の転勤だろうと思う。それが君の将来に支障を来すかもしれないが、君に学問の場を与える僕の気持ちに変わりはありません。いかなる人生を歩もうが人間である以上、このような悩みが存在するのは必然であり、妥協の中に精一杯、自分の信念を通す光明を見つける努力をしなければならない。

僕の結婚観を今一度想起してほしい。僕は愛の形式を求めるよりむしろ人間の成長を土台として、もっと深いものを考えている。二人が成長するために一緒になる、そのように努力することが真の結婚なのです。

結婚も人生の一つの出来事である限り、不安も失望もあるだろう。でも常に前向きに生きて成長していくこと、お互いがそのために努力すること、これ以外の方法はないと思う。内面的に結ばれ、外部では各自の分野で自己を主張し真理を追究し、社会に還元することを大切に生きていきたい。

（Nさんから私へ）

就職の挫折（一九六八年 七月～一〇月）

七月になり、就職試験まで一週間となった。自分の知識をいかに体系的にまとめて、秩序立てて記述できるかにかかっている。最終決定は九月末、三か月の長丁場だった。

就職を考えています。「男性に限る」民間企業が多いのも現実なのです。自分の一生の仕事に情熱を傾けたいという気持ちは変わりません。

受験した公務員一次試験、一〇〇〇人を超える志願者から希望任地を考慮すると、相当上位に入ることが必須です。二日にわたる記述式試験の連続に、久しぶりに全身疲労を覚えました。最終試験は五〇日後、集団討論と面接、そして希望任地で決まります。東京付近に合格できなかったら、ごめんなさい。

最終発表までは修論に向けて全力投球します。新しい分野に突き進んでいくほどの能力があるのか、よほどの業績をあげない限り将来はないと思います。まあ、それが現状なのであって、それに埋没していたらとても女がこの分野に進んでいくことはできない訳ですから、考えたって仕方がありません。（私からNさんへ）

ところが、見事に就職試験の面接で落とされた。やっと一週間が過ぎたが将来の方向が定まらず、私は自信をなくしていた。

面接試験に落ちてから一週間、覚悟はしていたもののショックも大きかった。面接で、東京付近の任地のことを突っ込んで聞かれたので、それが原因の一つになったかもしれませんが、これではっきりと将来への道が決定されたのです。あなたからの慰めの手紙を読みながら、唇を噛み締めて泣きたい気持ちを我慢する、この悲しさと悔しさ、怒りの混合した気持ちを大切にしたいと思います。早急に今後の方向を考えてみます。（私からNさんへ）

僕は何ら気を落としてはいない。敗北に涙を見せず前向きに生きようとする君の心のいじらしさ、浪人経験者の僕にはよく分かります。君の前にはたくさんの道があって、その一つが拒否されただけです。

君にとっては初めての敗北感、しかし君にはそれを打破して生きていくだけのファイトもあるはずです。就職だけが生きることじゃないんだから、大きな目で将来を見ようね。大きなことのできない人間にならないように、僕はそう思っているよ。

新しい目標を決めて進まねばならない時が来ました。僕の希望では、何としても修論を書き終えて、東京に来て大学院に進んでみたらと思います。元気を出すんだよ、自分に負けないで！

（Nさんから私へ）

今はただ、勉強を続ける覚悟を固めて、その方向に自信を持てるように気持ちの整理をしています。修論を書き上げて東京の大学院に入り、将来に向けて地道に実力を蓄える努力をすること、それがあなたへの義務なのだと思います。

あなたに経済的な負担をかける結婚になることがとても心苦しいのですが……。

（私からNさんへ）

君がたとえ就職しなくても、僕たちの結婚はフィフティーフィフティーなんだからね。経済的なことだけが大事なことではないんだから、負担に思わないでほしい。

お互いの人生を納得のいくものにしていくために結婚するんだからね。

（Nさんから私へ）

締め切り間近の発病（一九六八年 一一月）

就職試験に落ちてから、本格的に修論に取り組んでいるのだが、どうも体の調子がよくない。病院に行くと、遂にドクターストップがかかってしまった。

落ち着いて読んでください。数日前から、動くと背中が痛み、呼吸が苦しくなるので、病院へ行くと、「肺に穴が開いてます」と言われ、一月後に迫った修論を思うと涙が出ました。自然気胸という若いスリムな男性に多い原因不明の病気で、右肺が小さくなって呼吸困難になっているとのこと、この程度ならば一か月くらいの安静で自然に治るけれど、再発しやすいので無理は禁物とのことです。

医者に勧められて、京都の下宿を引き払って神戸の実家に帰りました。一昨年から父の再就職で神戸に住むようになっていたので、助かりました。今は親に甘えようと思っています。往診に来た医者は優しい眼差しで励ましてくれました。「病は気からだよ。若いんだから精神的に参らないように元気を出しなさい」

締め切りまでの三週間、ベッドの上で無理しない程度に修論に取り組んでいます。代筆可能なので、清書は母に手伝ってもらいます。気力に体力がついてこないもどかしさ、清書用紙一二〇枚の厚さが倍にも感じられます。もう欲を出す気にもなれず、今は先のことは考えないようにしています。

（私からNさんへ）

修論の完成を前に病魔に襲われ、焦りを感じていることでしょう。人生には順風も逆風もあるものです。冷静に自分の病気を見つめ、最善の努力をしていこうとしている君の心に、強い人間の姿を見ます。逆風を乗り越えていく時に、自然に強さ、逞しさが生じて、新しい希望とファイトが湧いてくるはずです。

ご両親の有り難さに感謝しつつ、今は焦らずに静養してください。

（Nさんから私へ）

女としての進路選択（一九六九年一月）

一九六九（昭和四四）年が明けて、一か月ぶりに大学の門をくぐった。久しぶりに研究室の雰囲気を味わい、友達に会った。その数日後、修論の口頭試問を受け、進路を決める時が迫ってきていた。

やっと修論が終わりました。終盤に突然病気になったこともあって、時間切れで最終章は十分に書けず、決して満足のいくものではなかったことは認めざるを得ません。

先日、一か月ぶりに大学に行き、修論の口頭試問を受けました。専門分野の違いもあって、教授三人の評価や感想はまちまちでしたが、私たちの将来にとっては、かなり厳しいものでした。

「資料が豊富で面白かったよ。ただ、最後にもっと自分の主張を書いてもよかったのではないかと思ったのだが、どうだろうか？」

「よく勉強していると思う。研究室に責任をもって、教育分野の基礎を作ってくれるといいのだが。あなたが男なら、結婚ということを考えない人ならばよかったのだが、それが残念だ――」

「女子としてはよくやっていると思うが、君は何のために大学院に来たのだ。今の分野では、僕は就職先の責任は持てないよ――」

それでも最後に、指導教官たちは励ましの言葉を贈ってくれました。「研究者として、君はやればできますよ。修士だろうが博士だろうが、この修論を元にして二年で自分のものをつかむ勉強をしなさい！」と。

（私からNさんへ）

社会経験もある信頼する助手にも相談すると、研究者の厳しさを突き付けられた。「現実には、女性が研究を続けようと思えば、研究をとるか私生活をとるかの選択になるだろう。結婚するなら、研究は二次的になると考えざるを得ないのではないか」

私を含む修了生五人の進路は、二人が就職、二人が留年だった。私が博士課程に進む可能性もゼロではないようだが、その場合は独身を覚悟することが求められていると痛感した。

結婚を決めた三年前、私たちは、「大学院修了後の事情がどう努力してもままならない時は、結婚を考え直す余地があること」を約束していた。これからも研究を続けたいと思う気持ちは変わらないが、結婚せずに地位を得るためにこの研究室に残るべきか、選択の時が迫ってきた。そして、私は自分の意思で人生を大きく変える決断をしたのだった。

病気に打ち勝ちながら、修論を書き終えたこと、必ずしも結果が満足いくものでなくてもその努力は尊いものです。この一年、不運なことが続いて厭世的になっているようだが、この苦労は必ず君を一段と逞しく力強いものにすることを確信している。

その一方で、結婚に対する不安を感じているようだ。君の心の不安はかなり長い。これほど君の心を不安にさせ、悩ませるのが僕との結婚であるならば、現実にとらわれずに、今一度考え直さねばならないと思う。

今の気持ちで結婚することは君にとって不幸だろうと同時に、僕にとっても君がいつまでもそんな気持ちでいることには耐えられない。結婚は君一人の人生ではない、僕にとっても人生なのです。結婚を急がねばならない理由はどこにもない。一日も早く心を整理してほしいと思います。

（Nさんから私へ）

この一年、もはや考え抜いたのです。学問を志す知人の重なる自死と就職の失敗、突然の病気と修論の経過など、今年は苦しい出来事が重なって、悔しいけれど、心身共に限界にきている自分を感じています。

「君が男だったら、結婚を考えない人ならば……」と男性教授に言われ、この男社会で生きていくためには女である自己を否定し、男と同一化して生きる以外に道はないのか、結婚して働くという男には当たり前なことが女には許されない、性差別をこれほどはっきりと突き付けられたことはありませんでした。《自分が精一杯生きて、やるべきことをやってきたのだという満足感が欲しい》、私は切実にそう思うのです。

今の私は、あなたが昔言った「行雲流水」、空に浮かんでいる雲や流れる水のように、何事にも執着せず自然の成り行きに任せて生きてみようと思い始めています。あなたとの愛が私の生きる支えになり、そこから自分の新しい道が生まれてくるような気がする。今とは何か違った精神的次元での生き甲斐が、もっと生きていることを納得し、充足できる生き方があるのではないだろうか。甘えかもしれない、逃げかもしれない、それは十分分かっているつもりですが、今はそんな心境に陥っています。

切羽詰まって余力がない時、流れに棹さすよりも流れに乗せられて生き方を広げてみようと思うのです。お互いの成長につながる生活を目指して結婚すること、そこから新しい二人の道が開けていくことを信じて進んでみようと決心しています。

（私からNさんへ）

東京での進学と将来に向けて（一九六九年 一月〜三月）

一九六九（昭和四四）年、東大を始め全国で大学紛争が頻発し、一月になると、安田講堂を巡る東大闘争が激化し、学部入試は中止と決まり、大学院入試も不透明な日々が続いていた。京大でも二月に入っていくつかの学部が無期限ストに突入し、教授陣と学生間の対立が日に日に高まり、日々、不穏な空気が流れていた。

今年に入っても大学紛争が収まらず、先行き不透明な状況が続いています。東大の学部入試は中止となり、大学院入試も危ぶまれていましたが、三月に入って個別に試験会場の連絡がありました。ただし、修士課程のみとのことです。先行きは不安だらけですが、三月中旬には東京の大学院受験のために上京する決心をしました。上京した時に今後のことを相談します。

（私からNさんへ）

受験大学に近いホテルを予約しておきました。こんな時期に当たってしまったのだから、気長に将来を考えるしかないと思う。大学院は一度社会に出た人も受験するのです。人生は長いのだから、僕たちの将来をじっくりと見つめていけばいいのだからね。焦らないで……。

（Nさんから私へ）

受験ではお世話になりました。二日間にわたる試験の結果、幸い、東大から合格通知が来ました。大学紛争もあって講義開始は七月になるとのこと、それまでに結婚することになると思っています。

この三年間、週に一、二度は必ず便りを書き、忙しいあなたからも数多くのお便りをいただきました。この間の往復書簡も六〇〇通を遙かに超えましたが、それも終わりが近づいたようです。あなたからの手紙を整理しながら、長かった四年間を思い起こし、そして学生時代六年間を過ごしたこの京都に、何とも言えない愛着を感じています。

男友達の手紙を焼き、その炎の中に青春の終わりを感じていました。炎の盛りは過ぎても、いつまでも心の炎の絶えない自分でありたいと思っています。

何年か経ったら、思い出深いこの京都に来ましょうね。二人とも口には出さないけれど、京都のあちこちに若き日の自分の面影を見出すことでしょう。その頃は、たとえ二人の情熱が冷めていたとしても、京都の思い出は二人を「感受性豊かな詩人」に蘇らせてくれるかもしれませんよ。夢は楽しい、そして限りなく美しい。

迷った末に、東京で学生を続けながらの結婚を選択したこと、それが二人の人生にとってプラスになることを願い、祈っています。将来の方向は未だ定かではありませんが、これからもよろしくお願いします。

（私からNさんへ）

第五章　愛することと働くこと

㈠　働くということ

（1）結婚と子育て（一九六九年～一九七七年　二四歳～三二歳）

誓詞

私たちは今日　ここに
お互いの成長のために結婚します
私たちは性を考える前に
お互いが一人の人間であることを常に心して
真の人生を送らんことを心から希い
そのために朗らかで温かい家庭を
築いていくことを誓います
一九六九年五月二五日

京都での結婚式では二人で創作した誓詞を読み、若い友達に囲まれた、まるで部活の打ち上げのような賑やかな披露宴を終えた。仲間からの祝辞が忘れられない。

「テニス部の成果でもあるお二人、家庭でもコート同様、白球のラリーを続けられんことを。現代は断絶の時代、婦唱夫随、それがいいんだよ」

「今日、お二人と、祝福する楽しそうな人たちを見て感激しました。Nさん、彼女を自由にのびのびと泳がせて育ててあげてください。お願いします」

東京での結婚披露は、夫の会社仲間や上司などたくさんの年上の方々から、辛口の祝福を受けることになった。

「恋の喜びはつかの間なれど、恋の苦しみは永久に続く。難しいことだが、今の状態を永久に続けていってほしい！　できるぞ、君たちなら、頑張れ！」

「恐怖と忍耐の多きNさんにスコール！　ものみな例外あり、ご心配なく！」

最後に手拍子でキスを求められたのだが、贈られた巨大な花束を抱えていた私の上半身は、花束ですっかり覆われていた。まさに「花はジャマ」だった。

裕福ではなかったが二人の新婚生活は、学生時代の下宿生活の延長のような気の置けない幸せな日々だった。都電で大学に通い、研究と調査に勤しみ、家事をし、家庭教師のアルバイトをする平穏な月日が過ぎていく。大学院では旧姓のまま、周囲には結婚も周知させていなかったので、院生の先輩に求婚され驚いて、「婚約者がいるの」と慌てて断ったこともあった。

大学紛争も次第に落ち着きを見せ始めており、京大の哲学的・思索的気質に比べて、東大の実証主義的、実用的気質は、私の学問への精神的苦悩を幾分軽くしてくれた。東大大学院に進学する女子は大学院を持たない女子大からの進学者が多く、先輩女子院生も数人、同学年の女子も一人おり、ゼミ合宿や調査旅行も心強かった。

学生気分も抜けず、専門分野の研究者や仲間にも恵まれ、再度の修士論文は順調に進んでいった。そんな二年目の晩秋、論文の締め切りが三か月後に迫ったある日、思いがけず妊娠を知った。《二人の関係を深め、豊かな老後を迎えるために子どもを持つこと》は二人の暗黙の約束だったが、博士課程進学をすぐそこに控えていた私は大いに戸惑い、悩んだ。就職するまではと中絶した先輩も知っていたから、今、子どもを持つことが就職を妨げることは十分に予想された。しかし、夫の意志は固く、つわりの時期には家事をし、論文の清書を手伝ってくれた。

そして母になった（一九七一年　二七歳）

博士課程進学三か月後、実家に帰って二七歳で息子を出産し、育児という未知の生活が加わり、ここで私は旧姓から夫の姓に改姓した。

これまでずっと男社会で生きてきた私は、出産の痛みに耐え、体内から溢れ出てくる母乳を与えながら、自分が種としての女であること、生命再生産を連綿と繰り返してきた母の歴史に組み込まれたことを実感した。

有給休暇の一週間、夫は産院に日参し、飽くこともなくわが子を眺め、触り、話しかけている。しかし、私は母になることをどこかで恐れていた。着々と仕事をする夫と成長していくわが子の姿に言い知れぬ焦りを感じ、小説を書くことに没頭していき、青年期になって子が自死した母親を知っていたからだ。私にも、同じことが起こりかねないという不安に打ち勝つために、自分の生き方も諦めない、だが、息子が《生まれてきてよかった》と思えるような子育てをすること、そのために、息の長い生き方を心掛けることを誓った。

赤子を初めて抱いた時、《この小さな子を育てるのは大変だー》と不安でいっぱいになったが、日々重くなっていくその感触に安堵した。息子はよく食べ、よく眠り、よく笑う、意思表示のはっきりした扱いやすい子だった。研究に悩みながらも、日々変化していく目の前の対象に魅了された。日々、こんなにも変化し成長する存在は驚異だった。それにも増して、心を揺さぶられる愛おしさを知った。大きな輝く瞳でじっと私を見つめ、幸せそうに笑うその生命に引き込まれていった。

息子が眠っている間は机に向かい、目覚めると背負って家事をし、勉強と子育てに取り組む日々が続く。当時は大学院生では保育所に預かってもらえなかったので、四歳の息子がいる姉の近所に引っ越し、姉や近所の人に息子を預けて週二日大学に通った。

○歳児の一年間はとくに興味深く、成長過程の観察、記録に飽くことがなかった。人間の土台となる凄まじい成長の一年間、生命が日々育っていく瞬間に立ち会うことはかけがえのない体験であり、その頃は《本を読んで勉強している時ではない！》と本気で思ったほどだ。しかし一歳を過ぎる頃から、本当の大変さが始まった。姉に預けて、地方に一週間の調査旅行に出かけて帰ってくると、私は息子にすっかり忘れられていた。一歳六か月の頃には、預け先でテーブルから落ちて右肘の半月板損傷で手術、半年にわたるリハビリに毎日通った。小さな肘に残る痛々しい傷跡とリハビリの痛さに泣く息子を抱きしめながら、自分自身を責める日々が長く続いた。それが終わる頃には、喘息気味の咳込みが始まり、夫は隣室に布団を移動する生活が続き、私自身の健康にも自信がもてなくなっていた。

心身の限界を感じ始めて、しばらく休学することに決めた。

そして、住んでいた集合住宅の掲示板に「預け合い希望者募集」の掲示をしたところ、それぞれ男の子二人を持つ、和裁をしたい母親と絵を描きたい母親から応募があった。二歳から四歳の子ども五人に母親三人の子育て仲間集団ができた。二人の母親が週二日自宅で預かり、二日サポートに回ると、一人の母親は週二日の自由時間を手に入れることができた。

母親同士の子育て相談と日々の保育内容が自然にでき上がり、休日には父親たちが海や公園、魚市場などに子どもたちを車で連れ出してくれた。まとめて風呂に入れて子どもを寝かせた後の週末の大人だけの飲み会は、家庭を越えた交流となって親たちの仲間意識を高めてくれた。

私は大学院に復帰し、一人っ子の息子は異年齢の四人の偽兄弟と共に遊び、食べ、昼寝し、入浴する生活の中で順調に育っていく。当時は、三年保育の幼稚園はなかったので、頼み込んで一年早く二年保育に紛れ込み、一歳年上の四歳の偽兄弟と一緒に入園し、欠席を覚悟した一日おきの通園を楽しむ生活が実現してホッとした。

次の年、正式に幼稚園児になった息子は、人懐こく、活発だが穏やかで、先生や友達に愛される子だった。その頃始まった王選手のホームラン記録騒ぎは、息子の野球熱に輪をかけた。毎日買いに行くスポーツ新聞のスクラップをすることから、選手の名前の漢字やアルファベットを覚え、計算機で得点や打率を計算し、野球ノートに書き込んでいた。

子育てに振り回される日々の生活に私のイライラも募ったが、たくさんの親子に出会い関わる中で、子どもが育つ面白さに気づかされ、多様な親と親子関係があることを知った。切羽詰まった私の子育て経験が、その後の仕事や研究に結びついていくとは、その時には予想もしなかったのだが……。

就職の難しさ

大学院に復帰した私は、子育ての合間をぬって新しい分野の研究を続けた。「言語コードの違いが学力差となって社会階層が再生産、固定化される」という英国の研究を土台に、同様の現象を日本で検証する研究に取り組んだ。過疎地と近隣の小学校、都心の進学校を回り、各学校の書き言葉と話し言葉のデータを収集し、検証した。また、その頃急激に増えた海外勤務者の帰国後の子女教育研究にも取り組んだ。非常勤の仕事をしながら、論文作成と学会誌への投稿に励み、遠くの親に息子を預けて学会発表、研究会に参加する忙しい数年が続いた。

男子院生でも、大学院修了後すぐに就職することは簡単ではなかったが、就職の暗黙の順番は、男性、独身女性、結婚している女性、子持ち女性であり、私の就職は困難を極めた。休学を含めて三〇歳で博士課程を修了したが、院生が就職していく中、夫の扶養家族で一児の母、中途半端なままの日々が過ぎていった。


その間、試しに国家公務員の教育職を受験してみたところ、思いがけず、科目試験は約一二〇〇人中のトップ合格、我ながら驚いた。しかし、六人の男性試験官からのいわゆる圧迫面接を受け、途中から不合格を確信したので嫌気がさして持論を述べると、まんまと術中に嵌まった。「あなたは大学に残られた方がいいでしょう」と、あっさり面接で不合格にされた苦い思い出もある。

その頃応募した奨励研究員推薦書に指導教官は応援を込めて記してくれた。

「当該学生は、一児の母であるというハンディにもかかわらず、家庭と研究の調整を計画的に実施し今日まで研究に従事してきた。本人の研究課題はこの分野では比較的新しい分野であり、研究者として独創性があり、また分析能力に恵まれており、十分に将来性を持つ研究者であると考えられる。これまでの研究従事から見て極めて意欲的であり、どのような障害があろうとも初志を貫徹するものと判断される。男子の研究者と比しても全く遜色がなく、優れた研究者になりうると信ずる。」

その間、結婚前に発症した持病が再発して、さらに就職が遅れることになった。

(2) 子育て支援施設の実践一五年(一九七八年〜一九九二年　三三歳〜四七歳)

民間教育研究所への就職

大学関係の職が決まらないまま、就職を決めたのは三三歳、息子が就学した年だった。「民間の教育研究職だが、女性にしかできない前例のない仕事だからやってみないか」という指導教官の勧めだった。「君が男だったら……」と言われてきた私が、今度は「女性にしかできない仕事だから……」と就職を世話されたのだ。確かに、子育てを経験しなかったら決して引き受けなかった仕事だったろう。仕事内容や待遇に迷いはあったが、前例がないという仕事に魅せられて決心した。

職場近くに転居し、息子は就学して学童保育に通い、夫の通勤時間は延びたが、やっと共働き生活がスタートした。

この民間教育研究所は、東大が中心となって運営を支援する大企業の社会貢献事業の一環として、一九七八（昭和五三）年に始まった。その施設の主任研究員として、立ち上げを担う、まさに実践そのものの仕事だった。私は一五年間この施設で働き、その後二五年間を研究サポーターとして参加した。

大学という世界しか知らなかった私にとってはまさに社会勉強の場であり、企業組織、企業人の人間関係や行動様式を知り、そこで働く父親たちの労働実態や家庭生活、専業母親たちの子育てや生活の悩みに直面することになった。

当時は防止法制定以前だったが、今でいうセクハラやパワハラも経験した。周囲の男性には、〈うまく対処するのが女の心得〉という伝統的雰囲気があったが、中にはそれとなく庇ってうまく対処してくれる中堅の男性社員もあり、企業人一〇年目の夫に相談したこともあった。その時、夫があっさりと、「いつ辞めてもいいんだよ」といった言葉に傷つき、《こんなことでは決して辞めない》と逆にファイトが湧いてきた。

乳幼児と両親の育ちを支援する施設づくり

子育ては長年、親だけではなく親族や地域社会の互助的絆に支えられてきた。しかし、高度成長期に急激な都市化が進み、父親は不在がち、豊かさを求めて少子化が進み、母子だけの孤立家庭が日常化していた。生活の急変に心の成長が追いつかず、家庭内暴力や非行、学校では不登校や校内暴力などの問題行動が頻発する時代になっていた。

当時は性別役割分業が当たり前、子どもが問題を起こすと母親が責任を問われ、「母原病」「母親神話」「三歳児神話」などの言説が、母親の子育て負担感や忌避感、育児不安を高めていく世の中になっていた。

そこで、家庭教育、家庭学級に世間の注目が集まり始め、孤立した母親に子育て仲間を作り、子どもの健全な成長を支援するための親教育の場が求められてきた。すでに、カナダやニュージーランドには、子どもの年齢に合わせた両親教育の仕組みが作られ始めていたが、日本では初めての試みだった。大学と保育現場の専門家が協同して施設づくりが進み、同時に「親子関係と乳幼児の発達研究」に取り組む研究体制も整えられていった。

この研究所には、週に一回一年間、親子が一緒に参加する教室を設けた。子どものための保育・教育施設は多いが、親たちが参加し、子どもの育ちを学ぶ場は意外に少ない。親子同時参加の場があれば、親がわが子の育ちを観て感じ取り、必要な養育力を育てることにつながり、同時に、スタッフが親子に関わりながら、親子の発達と親子関係の調整を支援することにつながっていくと考えられた。

乳幼児教室は、〇歳から四歳までの子どもを対象にした。人間発達の基盤づくりの〇歳～二歳は、信頼する人を真似ることから他人への関心を広げ、物に働きかけ、他者との交流を楽しめる子に育てること、二歳～四歳は、反抗期を経験して自我を育て、意欲と自発性を持って行動できる子に育てることを目標にした。そのために、遊びを作り出し、育てる者の働きかけに工夫を凝らした。幼児教室の年中行事は、家庭でも取り入れられるように手近にある物で幼児が手作りできるように工夫し、親と一緒に伝統行事の意味を考える機会にしたが、親子の記憶にしっかりと残っていったようだ。

毎回、教室後に大急ぎで手分けして書いた連絡帳の親との往復は、一年間の子どもの成長記録となって残っていった。わが子を育てた経験から乳幼児の能力の豊かさは知っていたつもりだったが、この仕事によって、生命の育つ力の凄まじさ、生命が必至で応答、発信しようとする力強さを教えられ、励まされた。三歳以前の子どもは嘘がつけないと言われるが、親がたとえ嘘をついていても、子どもが心身でありのままを伝えようとする姿勢に驚かされ、幼くても一人の人格なのだということを納得させられた。

教室に参加する母親は、三、四人の子を持つ四〇代の母親から子育て初心者の二〇歳の母親まで百人余り、その子育て体験も予備知識も、価値観もさまざまだ。教室には、井戸端会議のような懇談の場とスタッフによる個別相談の場を設け、親たちが保育の場に参加してわが子の姿を観察しながら学び合うプログラムを設けた。母親たちは子どもの姿から学んでいき、次第に先輩母親が新米母親のモデルとなり、交わり学び合うことで互いの養育力が高まり、それが、子どもの成長につながっていく道筋が目に見えるようになっていった。

一九七〇年代後半頃からは、子育て後の女性の生き方が模索され始め、主婦のパートタイム労働や「鍵っ子」が社会問題になっていった。そこで、子育てしながら母親が自立していく道筋を示す「社会参加プログラム」を用意した。中学生の子どもを持って働いている先輩の母親を招いて、子育てと社会参加の経験を後輩の母親に語り伝えてもらったが、再就職と子育ての両立に役立つ知恵を学ぶ機会になり、長い目で子育てを見通す眼が養われていき、母親たちに人気があった。

プログラム修了後の母親たちは自発的に友の会を作って運営し、その中から、保育士国家試験に挑戦する母親や、仲間と地域で子育てサークルを開設する母親も現れるようになり、彼女たちが作る地域サークル支援もこの施設が担うことになった。母親たちを子育て支援人材として育てていく取り組みは教室から地域へと広がり、修了した母親たちが地域の子育て支援者として活動する道筋をつけた。この地域の幼小中のＰＴＡや子育て支援センターのメンバーの中には、この施設の修了生が必ずいたものだ。

父親教室は、母親からの要望で休日に始めた。ロールモデルとなる父親不在の時代に育ち、仕事と家庭生活のバランスが取れない父親たちの成長を支援する機会にしたいと考えた。幼児教室でのわが子の姿を父親に見てもらい、父子が相談しながら簡単な木工制作をした後、事前に依頼したアンケートを元に、父親同士の懇談の機会を設けた。

ドラマに溢れた母子同時参加の場

相談は親の本音の入り口、その背後には世代を超えた家庭文化や価値観の連鎖がある。祖父母から続く親子・家族関係の問題への対処は、理論的に正しいことが必ずしも親の心に響き、行動の変容につながるわけではない。保育理論と親の価値観のギャップも大きく、家族関係に配慮しつつ、解答を示すことではなく実行できる範囲で親を支援する難しさもあった。家族の問題に直面した時、親は行きつ戻りつしながら環境や養育態度を変化させていくしかないのだった。

母親たちが育っていく姿には、多くのドラマがあった。

教育熱心すぎて虐待まがいの子育てをする母親、教室で母親から離れないことを苦に体罰をする母親、子どもと心理的に一体化し子離れできない母親、子どもを抱けない、わが子を愛せない母親など、さまざまな母子関係があった。母親が自身の母親像に気づくために、自分の母親について思い出すエピソードを記述する作業は、時に痛みや涙を伴った。記憶の底に抑圧してきた思い出したくないエピソードを思い起こすことから、自分の育ち方と母親像とに向き合い、仲間同士の共感に支えられて、母親としての自分を再生していく作業には喜怒哀楽が溢れていた。

家事を邪魔されると腹が立って娘に手をあげる母親は、〈私の洋服を縫ってくれる母親にうれしくて近寄っていくと、針で指をさされた〉という昔のエピソードを思い出し、「三回、同じことをしたら叩くよ」が口癖の母親は、〈優秀な姉を偏愛し、三歳の私は言いたいことも我慢させられてきた。それなのに自己主張の激しい娘を見ていると、三歳頃の自分が可哀そうになってつい手をあげてしまう〉ことに気づいたという。〈小学一年生の時、チャペルで、「お母さんを優しくしてください」と神様に祈った〉ことを思い出した母親は、自分も少し厳しすぎる母親かなと反省し、二人目の妊娠に気づいた母親は、「下の子を産むとこの娘が長女になってしまう。私が長女で苦労したので、下の子を産みたくない」と涙ながらに話し始める。

子どもとトラブルになった場面を記述する課題も、親としての自分を省みるいい機会になった。五五年前の私の日記のように、子どもとのトラブル場面で「発した言葉」、とった行動、《その時の思い》を脚本のように記述し、それを母子に扮してドラマのように役を演じ合う「セルフカウンセリング」の作業は、意外に面白かったようだ。他の母子と比較しながら自分の言葉と行動の背後にある価値観に気づき、自分のしつけやコミュニケーションを修正していくことにつながっていくようだった。

父親参加から生まれる夫婦・親子関係の変化

母親からの要望で始めた父親教室では、第二の親としての父親の存在は母親よりも多様で、個性的なのには驚かされた。仕事中心で子育ては母親任せ、自分の趣味に没頭し子育てに無関心、厳しく支配型、子煩悩で子どもの言いなり、教育に熱心すぎる教師のような父親など、仕事と子育てのバランスのとり方は父親の育ちや価値観によって異なっていたが、それが子どもの育ちや母子関係、さらに夫婦関係に反映していく道筋がはっきりと見えてくるのだった。母親たちからの「父親教室が夫婦関係を見直すよい機会になった」という報告のように、父親の教室参加は、親子関係だけでなく、夫婦関係が子どもに与える影響について考えるきっかけになった。

赤ちゃんを消毒した部屋から一歩も出せないほど神経質な母親のペアは、体育会系の父親で、娘は活発な遊びが大好きな父親っ子に育っていく。完全主義で子どもを支配する母親のペアは、優しい大らかな父親で、母親には見せない笑顔の人懐っこい子に育っていく。父母の組み合わせによって、子どもの育ち方が程よく調整されていく様子が分かった。

父親の子育て意識は、母親以上に幼児の性差形成に影響することも知った。「男性意識」が強い父親は、「父親役割」を分担していなくても男児への関心は高く、「父親としての役割」をよく行う父親は男女児双方に関心が高く、女児の性役割にこだわる傾向が低かった。

子どもに発達の遅れや障がい、問題行動が見つかった時、それは夫婦関係が試される時である。前向きに取り組める夫婦と、対立、崩壊してしまう夫婦に分かれる。「妊娠中に風疹にかかって、障がい児が生まれるかもしれない」と不安がる妻に、「たとえ障がいがあっても共に育てよう」と励ます夫もいれば、わが子の発達障がいを認められず、「妻の家系の遺伝のせいだ」と離婚を言い出す父親もいる。

親たちの要望で、祖父母やきょうだいも参加できるファミリーデー、夏休みにはこの施設を修了して小学生になった子どもたちが、後輩の幼児と触れ合う保育体験の機会も作った。親予備軍の小学生たちに幼児への関心を高め、将来の子育てに関心をもってほしいと願って始めた夏休みの一泊保育では、わが息子を含む小学生たちが予想外に幼児の世話を楽しみ、記憶に留めてくれたことに感動したものだ。

子育ては親育てから

少子化が始まった一九九〇年代は、乳幼児の早期教育のブームだった。生後すぐからカードや絵本を使って仮名や漢字、英語などを機械的に毎日繰り返して覚えさせる「パターン認知法」が流行した。一歳代で文字カードが分かり、二歳になると絵本を自分で読める子が幼児教室にも出てくるようになった。家中の物や場所に文字入りの名札をつけ、毎日二〇冊を超える絵本を繰り返し読む親も大変だが、「わが子は二歳で天才！」と喜ぶ親も出始め、知的教育の競争がエスカレートした。

幼児教室でトラブルばかり起こす三歳男児の母親は、週に五つの習いごとをさせるために目をつりあげて頑張り、疲れて怒りっぽくなっていた。彼にとっての幼児教室は唯一のストレス発散の場、トラブルを起こすと保育士が抱き止め話しかけてくれる、その時のうれしそうな笑顔が彼の心を表しているのだ。秋の芋ほり畑で、「今日は幼児進学教室の日だから、掘った芋は持ち帰らない」という母親と子がもめている。子どもはリュックに詰められるだけ芋を入れ、よろめきながら帰っていった。後日母親から、その後数日はその芋しか食べなかったとの報告があった。

お金や時間に余裕がある現代は、家庭環境や親の価値観によって年齢に不相応な子育てが推奨、選択されていく。しかし、乳幼児期は、信頼する人との関係を深めながら発達の土台を築いていく時期、建物でいえば基礎造り、植物の根っこ作りの時期である。それを疎かにすると、将来、災害や環境変化に出会った時に、自力で立ち直る力が培われないことを忘れてほしくない。その上、乳幼児期の育ちは、その子の成長を危うくするばかりでなく、無意識に伝達されて、次世代の子育てにも影響するから恐ろしいのだ。

これからの子育て支援は、保育の肩代わりだけではなく、親が自ら成長していく姿勢を支援することなのだろう。そのためには、専門家からの個別支援だけではなく、子育て当事者同士や先輩親、地域や異世代との交流によって、日常生活の体験の中から親自身が学んでいける場があることが必要なのだ。親が子どもの年齢にふさわしい子育ての知識や技術を身につけその役割に自信をもち、親子のコミュニケーションを楽しめるようになれば、親の養育力は向上し、親子関係は安定し、さらに次世代の子育てを豊かにすることができるだろう。親の養育力の向上、親キャリアのアップなくして、現在と次世代の子どもの最善の利益は実現されないのだから。

実践から生まれた研究とその発信

この施設のモットーは、「実践から生まれる研究や理論を大切にすること」、書籍や情報だけでは得られない発達や成長の姿を保育実践の場から発見し、親や保育者たち、育てる者に伝えていくことであった。その特色の一つは、教室に参加している親子の姿を映像化して、親子の関わり方や子どもの遊び方、認知発達の姿などを親教育と研究に役立てたことであろう。

入所時と一年後の修了時に、同じ場面での五分間の親子遊びをビデオ収録し、親子の言葉や行動のやり取り、子どもの遊び方の発達変化を〈見える化〉し、教材として利用した。自分の姿を映像として見て、参加者同士で比較して学び合う学習方法は、親たちが自分の養育態度に気づく効果を高めた。入所前後に親子関係を確認することは、保育スタッフにとっても保育支援に活かす貴重な情報となった。

この施設の親子の協力によって、諸大学の若手の研究者との共同研究が進み、実践や研究の場に役立つ研究成果を得ることができたと思う。主な研究を挙げてみよう。
・母子分離過程研究（幼児が母親から自然に分離するプロセスの観察研究）
・早期メディア接触と乳幼児の発達（メディア接触と乳幼児の発達への影響）
・乳幼児の早期教育の功罪（パターン学習の効果と問題点。新聞やテレビ、講演依頼が集中したが、パターン学習効果は限定的で、身体を動かさない、人への無関心、興味関心領域の偏りとこだわりなど、乳幼児期の発達にマイナス効果の方が大きい）
・母親の育児不安に関する研究（今では一般的に使われている〈育児不安〉の用語は、この施設の調査研究から生まれた）
・子どもの発達と父親の役割（父親の子育て参加と子どもの発達・夫婦関係との関連。その後の父子関係研究分野に貢献する著書となった）
・縦断的発達調査研究（修了生の乳幼児期→小学生→思春期→青年期、三〇年間の「親子関係追跡研究」「青年期の転機調査」では、幼児期の特徴を残しつつ、その後の学校、職場などでの人との出会いと経験の質が人生の転機となることが示された）

社会に向けての情報発信

親子教室の成果を保育・教育現場で活用してもらうために、さまざまな形で社会への情報発信にも努めた。
・研究紀要の発行（毎年、現場の親子から得た生の研究成果を大学や保育機関などに寄贈し、研究や実践に役立ててもらった）
・メディアによる啓発活動（自治体が行う家庭教育学級の講師、パンフレット作りへの協力、テレビの教育・保育番組出演や雑誌への協力、十数冊の子育て書の発行など）
・シンポジウムとセミナー開催（親や子育て支援者、保育者や保育学生を対象とした）
毎年、北海道から九州まで全国で実施。保育付きのシンポジウムには千人を超える参加者があり、二〇〇人の子どもの預かり保育をしたこともあった。

シンポジウムは、親子教室の実践活動報告と有名人による講演とディスカッションからなっていたが、曽野綾子氏、河合隼雄氏、河合雅雄氏、中村メイコ氏、香川京子氏、樋口恵子氏、高田敏子氏、井上ひさし氏、小野清子氏、浜美枝氏、日野原重明氏など、そうそうたる出演者のユーモアと機知に富む討論は、毎回好評だった。

札幌のシンポジウムでは河合隼雄先生に十数年ぶりに会い、「私が京大生だった頃、先生の〈夢分析〉の授業で、見た夢を毎回書きとめて発表する宿題がイヤで、臨床心理学が嫌いになった」と話すと、「そりゃまた、夢のない話やったなあ〜」と、関西弁のあの顔で、ダジャレを返されたことを懐かしく思い出す。

国の「子育て支援」を先取りした取り組み

出生率が最低を記録した一九八九（平成元）年の「一・五七ショック」を機に、国は一九九〇年代になって少子化対策として「子育て支援施策」に取り組むようになる。その後も、一九九八（平成一〇）年には厚生白書で「三歳児神話の否定」を宣言して、母親のワンオペ育児に警鐘を鳴らし、一九九九（平成一一）年には厚生労働省が「育児をしない男を父とは呼ばない」との標語を使って、父親の子育て参加を促すキャンペーンを実施した。

二〇〇〇（平成一二）年頃からは、労働環境の変化とともに幼い子を持つ母親の就業も増え、仕事と子育ての両立支援が始まる。同時に、子育て環境が悪化するとともに、共働きでない家庭への子育て支援も広がっていき、乳幼児が健全に育つためには、家庭保育と施設保育の両輪が必要と考えられるようになっていった。二〇〇八（平成二〇）年の児童福祉法改正によって、保育者の役割は、園児のみならず地域のすべての子どもの保育へと拡大され、さらに「子どもの発達支援」と同時に「保護者の養育力支援」も求められるようになっていった。

こうした現場での乳幼児の保育と発達支援、保護者支援と両親教育の実践と研究からの成果は、その後子育て支援を担うことになった保育園や幼稚園、子育て支援センターから注目され、見学や問い合わせが増加し、その支援活動も受け持つことになっていった。

気がつくと、子どもの発達支援と保護者支援を同時に行ってきたこの施設の取り組みは、国の施策を三〇年以上先取りした形になっていた。その活動は四〇年続き、参加家庭は五千を超えたが、保育施設の役割拡大と国の子育て支援施策の拡充によって、二〇一四（平成二六）年にその役目を終えたとして幕を閉じることになった。

こうした現場での保育と発達支援、保護者や両親教育に携わった経験が、その後の大学教員としての私の土台を形作ることになっていった。

（3）教員としての二〇年（一九九三年〜二〇一三年　四七歳〜六七歳）

資格取得機関としての大学

四〇代後半になった一九九〇年代の半ば、私は都内の私立大学の教員に転職した。当時の私立大学の多くは、大衆化するとともに、少子化社会の動きに適応して生き残るために、短大から四年制大学への転換、学部・学科の改組を繰り返しながら拡大していく時代だった。就職した大学は学生数も多く、三〇年前の私が育った頃の学問の府とは全く異なり、目前の社会的課題解決のための資格取得の場へと変貌していた。一九九〇年代後半には女子の大学進学率が三〇％に近づき、なかでも心理・教育・福祉・保育系学科では女子の進出が著しかった。

当時のいじめや不登校などの学校を中心とした問題行動の増加、アダルトチルドレンや虐待などに代表される家族病理が社会的注目を浴び、心理学への関心が高まった。不登校やいじめを経験した学生が、自分の経験を活かして他者の援助者になりたいと、臨床心理士やカウンセラーへの希望者が急増した。

同時に、保育施設の拡大と子育て支援、高齢者福祉への社会的関心も高まり、保育士・社会福祉士・介護福祉士の養成校は、少子化にもかかわらず、女子だけでなく男子学生も増加していった。

大学教員の仕事とその役割

大学には、大きく分けて二種類の教員がいる。教養・学術専門教育に重点を置く大学育ちの研究者的教員と、社会的課題解決のための実務・資格に重きを置く実務家教員である。私はどちらかというと、後者に当たると思われていた。

おおまかに、大学教員の仕事には四分野がある。

第一は、「教育」である。私は、教育学・保育学・心理学・社会学・女性学・福祉学・保育者養成関連の科目や実習を担当した。半年で一五回の授業と試験やレポートによる成績評価がセットになった一科目を週に六~七科目、加えて、ゼミ生一五人の卒論制作指導、実習指導と就職支援などを受け持った。

一方的な講義形態を減らし、双方向のやり取りを促す形態や、課題を選び調べさせるグループや個人発表などの機会を増やすことに努めたが、一〇〇人を超える大人数授業ではなかなか困難なことも多かった。個別対応は手間と時間がかかるが、個々の学生の成長が手にとるように分かり、人生相談や卒論、進路や就職指導には効果が高い指導法だった。

資格取得授業は、座学だけでは学べない実践感覚を身につけるために、現場体験が欠かせない。資格取得のために、保育所や幼稚園、乳児院や母子支援施設、障がい者や高齢者施設などの実習先を確保し、実習前には、事前学習と現場見学の時間を設ける。実習中には、学生一人ひとりの実習先への巡回訪問指導を行うが、そこでは学生指導とともに現場の実習担当者との懇談や相談が加わる。実習後には、体験報告会を開いてまとめの指導を行う。

さらに就職指導では、学生のボランティア活動・インターンシップのための施設や学校との打ち合わせ、ゼミ生には、自己アピールや履歴書の書き方、試験対策や模擬面接、服装やマナーなどの個別指導などが加わった。

第二は「校務分掌」、その中心は教務や入試、学生指導や就職支援など、大学運営の役割を分担することである。

教務担当では、多様な学生に合わせたカリキュラムや指導法の工夫、視聴覚教材使用授業の増加、授業出席の把握、学生による教員評価制度の導入など、教員の仕事は年々増え、勤務時間外のパソコンによる個別指導の時間も増加していった。

入試担当では、年に数回、受験希望の高校生と保護者に会うオープンキャンパスがあり、カリキュラムや学びの雰囲気、就職などについて面談する。高校教師との進路相談会、高校訪問と高校への出前授業なども加わった。さらに、多様な学生獲得のために入試方法は年々多様化し、推薦入試・AO入試、面接などの試験形式も複雑になり、試験回数も増える。共通テストや一般入試の監督と合格決定作業のために、休日出勤も多くなる一方であった。役職ともなれば会議の多さと事務処理等の責任負担は大きく、役職に就いて五年も経つと病気や休職を招くことも珍しくなかったが、例にもれず、私も持病の再発でしばらくの休職を余儀なくされた。

第三は「社会貢献」である。地域の保育・教育支援の場への講演や研究会参加、地域社会と連携するために地域の委員を引き受け、会議や講演に出向く。求めに応じてメディアへの出演や雑誌への寄稿、シンポジウム参加などがある。

地域の小中学校や幼稚園に学生を派遣し、発達障がい児を一対一でケアして担任教師を補助する活動なども、学校、学生双方のニーズが高く、授業を単位化して実施したが、そのための事前・事後指導にも時間を要した。

第四が「研究」である。大学教員の中心的活動である研究の時間的余裕は年々減少し、その多くは休暇期間だけの仕事となり、また、学内外の共同研究の推奨と研究費の外部調達を求めるシステムが増加していった。学内にもいくつかの付属研究所があり、研究員としての調査・研究活動と紀要の発行、地域への公開講座の企画、実施が加わった。

私の専門分野は、次世代育成支援に関する研究、子どもの養育環境と発達、保育制度の実態と保育者に関する調査研究、保育者と親のキャリアアップ支援に関する研究が中心であった。年に数回の学会参加と発表、論文作成が最低のノルマであるが、年々、休暇中の実習訪問指導に時間を取られ、研究時間のやりくりが難しくなっていった。

さらに、高校家庭科教科書『保育』の編集への参加は、一〇年ごとの「学習指導要領」

改訂に伴う修正作業が毎年のように続き、その都度の会議や書き換え作業に追われた。保育者養成校で使う教科書編集執筆も十年以上続けてきたが、これも保育環境の激変に伴う『児童福祉法』『保育所保育指針』等の法律改定が頻繁にあり、その度にカリキュラムの書き換え作業に追われたものだ。

社会人学生・留学生の教育支援

数年後には、社会人学生のための大学院教育が夜間と週末に加わり、夜一〇時に授業を終えて帰宅すると、北斗七星が頭上に輝く、午前様の寒い夜になることもあった。

看護師、保育士、幼稚園教諭、高齢者施設、障がい児・者施設、児童養護施設やＮＰＯ法人の従事者たちが、日頃抱える問題解決への手がかりを求めて現場から進学してくる。また、定年後の高齢者や子育てが一段落した社会人女性などの進学者も増えた。学部学生とは異なり、多様な年齢や性別、属性をもつ社会人学生への対応には苦慮することもあったが、生涯を通して学ぶこと、生きることの意味を考えさせられる貴重な機会となった。

社会人院生の論文作成指導は、実践を理論で俯瞰的に見る視野を養い、科学的手法を用いて現実の問題を究明するための手がかりを共同で探す重要な機会になった。働きながら真剣に課題解決を求めて努力する社会人院生の研究姿勢には教えられることも多く、共同で学会発表や論文作成に取り組み、修了後も研究仲間として付き合いが続く院生もいる。

国際化に伴い、二〇〇〇（平成一二）年前後からは、アジアの国々を中心とする留学生・院生が増加していったが、大学卒業資格をもつ学生もいれば働きながら語学学校に通う学生もいて、そのレベル差は大きい。日本語での論文執筆を一対一で指導する必要がある学生も増え、個別指導の苦労も尽きなかった。

人生の先輩としての役割

この大学での教員と学生間の距離は近く、一、二年はクラス担任、三、四年はゼミ担当があり、大学教員というより中学・高校の教師に近い存在であり、一人ひとりの個性と能力を見極めて、育てて社会に送り出す役割が教員の中心的な仕事になっていた。

週に一コマ、教員による学生のための相談時間が設定され、カウンセラー的な役割も多かった。マルトリートメント（虐待などの不適切な養育態度）や離婚・再婚などによる親子関係の問題、いじめやシカトなどの友達関係、不登校やいじめなどの学校関係、恋愛や失恋、性関係やデートＤＶ、結婚相手の品定めなどの男女関係、単位取得や学業相談の悩み、進路選択・変更と職業相談など、私の学生時代と変わらない青春の悩みを語る若者との共有時間は、学生時代を思い出させるとともに、現代社会特有の問題や病理に向き合う貴重な時間になった。

卒論発表会当日、一年中、長袖を着ていた女子学生が発表の壇上で、突然腕をまくり上げて宣言した。

「見てください！　親から虐待を受けて育った後遺症で身体中にアレルギー性皮膚炎が消えないのです。でも、卒論で虐待を取り上げてまとめ、今日こうしてカミングアウトしたことで、私は今日から立ち直ってみせます！」

掛ける言葉に躊躇している私をよそに、一瞬の静寂をおいて学生の中から拍手が起こり、次第に大きくなっていく。中には涙する学生もいた。

都会の朝の通学電車には痴漢が多く、性被害にあう学生も出てくる。朝九時からの授業前、トイレでスカートを必死に洗う女子学生の異様さに驚いて声をかけると、涙声で小さく言う。「電車の中で精液をかけられたみたい……」。研究室に連れて行き、私の着替えを渡し、「大丈夫？　あなたは何も悪くない。被害にあっただけなのよ」と言うと、ポロポロと涙を流す。次の日、衣服を返しに来た彼女は「親にも話した」と落ち着いて報告してくれたことで、ホッとした。

「親戚中が東大出で、看護師の母親と自分は人間扱いされていない」と福祉を目指して悩む男子学生、「小学五年の時、担任をナイフで傷つけた。その小学校に実習に行くことになって先生に再会するのだが、自分の中でいまだに決着がつけられていない……」と語る男子学生など、青春の悩みは今も尽きることがない。

前職で親との対話に慣れていた私は、時には親の相談にのることもあった。

忘れられない相談の一つは、卒業式の二週間後、ゼミ生の母親からの電話に始まる。

「卒業式に振り袖と袴で出かけた娘が、卒業証書を電車の網棚に忘れたので見せられなくなったと言うのですが、娘は本当に卒業できたのですか？」

単位不足で卒業できなかった彼女に会って理由を尋ねると、泣きじゃくりながら言う。

「小学校から私立学校に入れてもらっていたのに卒業できなくて、親を悲しませたくなかったので嘘をついた。卒業できないとは自分からは言えなかった……」

後日やって来た怒りを隠せない様子が伝わってくる母親に、私は語りかけた。

「振り袖を着て家を出たものの大学にも行けず、街中を迷いながら嘘の理由を考え続けた娘さんの気持ちを察してほしい。親に感謝しながらもその期待に応えられなかったことが重荷だったようで、行動としては幼稚ですが、彼女の気持ちも理解してやってほしい」

話し終わると、しばらくじっと目を伏せていた母親は、穏やかに言葉を継いだ。

「話を聞いて、初めはショックで叱りつけたいと思ったのですが、娘は反抗期もなく、親の気持ちが分かりすぎてこんなことをしたんですね。これからは過保護でなく、少し大人扱いした対応を心掛けてみます。いい機会になりました」

反対に、父子家庭で父親の厳しさに翻弄される女子学生の訴えで父親に連絡すると、「先生でも家庭の問題に口出しする権利はない。学校を訴える！」と恫喝されたこともあった。こうなると、私一人の力ではままならず、学生相談室に学生を依頼する以外の対処法がなかったけれど。

同時に、人生の先輩として、学生の生き方や働き方のモデルになるような体験を語り、人生の知恵を伝える役割もあったと思う。卒業時に、学生から手紙を貰うことが多いが、それは私にこの仕事の効力感を与えてくれた。

「先生は卒論や就職のこと、恋愛相談まで、一緒に最後まで考えてくださる大学のお母さんでした。大学は卒業ですが、先生から卒業するわけではありません。いくつになっても先生の生徒です。最後にゼミ生一同からの一言。『なにげない辛口コメントを言うけれど後々役立つ勇気をくれるみんな大好きこれからも！』」

「ゼミ担当が先生でなかったら今の私はいなかったと想う。今までの自分に向き合えたのも先生が話を聞いてくださったから。先生に相談すると、考えていたことが整理され、物事の本質が見えて本当に自分がすべきことが分かり、道が開けてきたような感覚になります。自分が見えていない角度や視点からのアドバイスはとてもありがたいものばかりでした。もっと広い柔軟な考えができるように成長します」

「先生との出会いは高三の時、オープンキャンパスで見かけた先生がこんなにも私にとって大きな存在になるなんて思いませんでした。いつも見守って励まし、褒めたり叱ったり、辛いこと失敗したことも前に進む力にして返してくれた、そんな先生に出会えたこと、私は本当に幸せ者です。先生から得たものを力にして、誰かを支える力になれるよう、歩んでいきます」

卒業後の数人の学生の結婚式に参列したが、彼らの成長を伝えてくれる便りや再会の機会は、彼らの成長に寄与する仕事に就けたことを感謝することもしばしばだった。

「心理学を学んでいた学生の頃から、子どもの心のケアがしたいと先生に相談していましたね。卒業後に通信教育で養護教諭資格をとって、産休の非常勤から十年かけて小学校の常勤の保健室の先生になりました。結婚して子どもができて、これからも頑張って仕事を続けていきます」

「ずっと、虐待児の保育がしたいと思っていて、先生に相談したら『あなたの性格では、いきなりシビアな現場に行くとバーンアウトしてへこんじゃうよ。まずは保育所で経験を積んでからでも遅くはないと思うけど……』と言われていたので、五年間保育所で仕事をしてから養護施設の保育者に転職しました。今は虐待を受けた小学生のグループを担当しています。仕事はほんとに大変ですが、あの時のアドバイスは当たっていました。何とか頑張れそうです。ありがとうございました」

「私は自分が子どもの時に、親から臓器移植を受けてしばらく入院していた経験から、ずっと病院内保育者になりたいと思ってきました。普通の保育所で三年間働き、今年から大学病院の保育者に採用されました。夢が叶ってうれしくて報告しました。楽しんで頑張ります」

早期退職を選択して（二〇一三年　六七歳）

往復三時間を越える通勤時間の負担、体力の衰えが仕事の質量に影響すると感じ始めた私は、定年三年前に六七歳で早期退職を決意した。

私の仕事は、教育者と研究者の狭間のような内容が多かったが、教育者にはなれたかなと思うことはあっても、若い頃から夢見ていた研究者にはなれなかったと思う。既存の知識を伝達・応用して実践に活かすことはできたかもしれないが、社会の仕組みや思想自体に関わるような真理や知識、理論の創造には及ばなかった。若い頃から、私にとっての学問は自立のための欠かせない手段ではあったが、学問それ自体を希求し、一つのことをやり続ける、やらずにはいられないという研究者に不可欠な資質があったかと言えば心もとない。今は、研究者としてよりも教育者として働いてきたことに納得している自分がいるようなのだ。

退職後は、非常勤講師と子育て支援のNPO役員を五年、大学生用教科書の編集執筆を数年続けたが、最後に在職中の調査研究をまとめた仕事の修了論文を出版し、七五歳で教員生活にピリオドを打った。

退職時、後輩教員から贈られた心温かい色紙の一部を思い出す。

「先生の教員としての姿に出会えたこと、女性として大学教員として尊敬しています。学生たちの成長を何よりの糧にされていることを、その姿勢で教えていただきました」

「公私にわたりいつも温かく力づけていただき、僕のクラスやゼミの学生も多くがお世話になりました。まさに学科の母、近くにいてくださって心強かったです」

「先生のキャリアから見ればまだ〈ひよっこ〉の私ですが、いつか先生のような素敵な大人の女性になれるよう、頑張ります」

「情報通の先生からいろいろ教えていただき、また励ましていただきました。若僧の私は、いつもハツラツと笑っておられるその笑顔に癒やされていました」

（４）私にとって「働くということ」

振り返れば、学生時代の私は理性的に人生設計し、孤独に耐えて自立して生きることを強烈に願う女子学生だった。働くということは、若い頃からの私の願い、というより当たり前なことであり、自分が家庭だけにはとても収まりきれないことはよく分かっていた。

学生時代に男友達から「我を張って不幸になるなよー」と忠告され、女友達からは「我を張らないで早く結婚したら〜」と言われたことが忘れられない。《我を張って生きる》、これが学生時代の友人がもつ私への印象であったとすれば、その後の私の人生はその結果といえるのだろうか。

若い頃の私には、将来への不安、人間不信と自己効力感の低さに悩まされる弱さがあった。我を張って踏ん張っていないと自分自身が保てない、臨機応変に自己を保っていく柔軟性と逞しさに欠けていたと思う。独身で仕事一筋という生き方にも躊躇があり、仕事を継続できるような相手と結婚すること、余裕があれば子育てもしたいというのが本音であった。

そんな私を支え変化させたのは、夫を始め、多くの人との出会いと別れの経験だった。彼らに支えられ励まされ、傷つけ、傷つけられながらも、他者と自己への信頼感を育て、強さと弱さに逞しさを加え、前向きに生きる力が培われてきたのだと思う。

私は二つの職場で働いた。最初の民間教育研究所は、保育所長と研究所長を兼ねるような仕事で、面白かったがとにかく忙しかった。日々の対応に奔走する毎日で、落ち着いて勉強する余裕のない試行錯誤の毎日だった。圧倒的に女性が多い職場でのリーダーシップや職員管理の仕事は、チームワークの大切さを痛感させられると同時に、職員の入れ替わりも多かったために厳しい指導態度となり、メンバーから反感をかうこともあったようだ。

結婚も子育て経験もない二〇歳の保育者には、親子同時支援のノウハウや親とのコミュニケーションを教育・研修する必要があった（彼女たちの多くは、自分の子育てを終えると子育て支援施設で責任者として働いている）。研究スタッフたちは、自分の出産や子育てにも忙しい非常勤が多く、採用したかと思うと出産休職の申し出があったりもした。「たたむ暇がないので、洗濯物はハンガーから外して使う」、「出勤時にコートを脱ぐと、下はパジャマだった！」というような笑い話もあった。

幼い子の保育には新しい発見もあり興味は尽きなかったが、事故を始め安全に気遣うことも多く、救急車に乗ったことが何度かあった。しかし、精神的気遣いは子どもよりもむしろ親、年齢も生活環境も性格も多様な「親」という集団を相手にする仕事は気苦労が絶えなかった。子ども同士に劣らない親同士のトラブルもあり、学校と同じく、社会参加の場であると同時に社会教育の場でもあった。

しかし、私の仕事人生はこうした親子との格闘に鍛えられ、逞しくなっていったことは確かである。

大学教員に転職して、「既存の知識を若者に講義していればいいのだから、気楽な稼業だねー」と企業で日々奮闘している友人に皮肉られたが、確かに内心ホッとしている私がいた。仕事内容は限定され、役割分業も明確で、時間に追われることも多かったが、親子を対象としていた職場の頃のような日常的な気疲れは少なくなっていた。

学生数は多く、授業に関わる仕事も学内業務も確かに忙しくはあったが、大学教員生活は大きな葛藤もなく、精神的には穏やかであったと思う。大学育ちで人間関係に乏しく、社会的不適応を疑われるような教員、研究を優先して学内の仕事から逃げる教員もいたし、派閥らしきものもあり、交際教員を限定するような働きかけもないではなかった。セクハラやアカハラ、パワハラも皆無ではなかったが、教員同士のトラブルも少なく、幸いにも穏やかな学園生活を過ごすことができた。

学生は若くてエネルギーに溢れ、若者特有のいろいろな問題行動も起こしたが、同時にたくさんの活力を与えてくれた。大学時代に中学校での教育実習を楽しんだことを思い出し、やはり私は人間に興味があり、教育職が好きなのだと改めて感じた。

私の働く動機は、社会的地位にこだわりはなく、自己の能力の発揮による達成感、満足感、そこから生まれる自己肯定感を得ること、つまり専門職的職業観が強かったと思う。もう一つの動機は、人間への関心、幼い時から人間観察が好きだったことにある。昔から、よい子よりも一癖ある子、自我の強い、あるいは陰のあるような一味変わった人間に興味があり、彼らの心や行動が変化していく姿に関心があり、その背景や原因を考えることが好きだったし、彼らに照らして自己を見る習慣があったように思う。

社会貢献欲求はとくに強かったわけではないが、子どもや親、学生たちが懸命に成長し変化しようとする姿を支援し、その成長に関わることを確認できる仕事は、子育てにも通じる何ものにも代え難い達成感や満足感を与えてくれる自己確認の機会になった。他者は自己確認の鏡、鏡に自己を映して自己認知することは、私自身の成長にもつながっていった。


働くためには、家族関係や子どもの状況など必要最低限の条件があるが、私の個人的な問題としては、次の三つの条件が不足していたと思う。

一つは、男並みに働き家庭も子育てもこなす、いわゆる「スーパーウーマン」的な体力には程遠かった。持病の二回の手術と三回の再発とが人生の岐路となり、さらなる仕事への決断を鈍らせ、悔しい思いをしたことが幾度もある。

二つ目は、子どもが幼い時、子育てを日常的にバックアップしてくれる保育環境が乏しかった。その頃、親は遠くに住んでいたし、夫は長時間労働、大学院生では保育所も利用できない時代だった。

三つ目は、男社会で育ち、男性モデルに準拠する環境で育った私は、同性同士で無意識に助け支え合うネットワークづくりが下手だったと思う。

「所属集団に同じ属性を持つ人が三割以上いると、その集団の活動や価値観を無視できなくなる」といわれる。今、東大が「女子学生を三割に」を目標にする理由もそこにある。

女子高や女子大学の存在意義は、女性同士の連帯や絆、厚い信頼や友情に基づく姉妹に近い強いネットワーク、「シスターフッド」を活かすことにある。この言葉は一九六〇年代から一九七〇年のフェミニズム運動の中で生まれたが、現在でも、同窓会や再教育・再就職支援、結婚相談所など、女子のネットワークは共学大よりも女子大の方が強く、卒業後のつながりを強固にしている。「女が参加すると会議が長くなって困るー」と宣った老政治家もいたが、「女縁」は人と人とをつなぎ、支え合う魔法の潤滑油でもあるのだ。

仕事と子育ての両立を目指す女性は、家庭や職場でのシスター的絆が欠かせない。我を張り通してきた私も、子育てを経験し、女性職とされる仕事に就いて多くの女性と交わる中で、肩の力が抜けたような気がしたものだ。もっと気楽に、しなやかに生きる道もあったのだろうが、私の仕事人生はやっとここまで来られたのだろうと苦笑している。

(二)　愛するということ

退職後の生活（二〇一四年〜二〇二二年　六八歳〜七七歳）

仕事中心の生活は時間に追われ、限定された領域と同質の人との付き合いが多い。ある意味で狭い世界に生きた数十年であったが、今は、そこから解き放された至福の時間を漂っている。時間的余裕がこんなにも有り難いものだと思ったことは学生時代以来だろうか。

リタイア後の数年は、列島を移動する季節折々の美しい自然や花巡り・ガーデン巡りの一人旅を楽しみ、すっかり虜になった〈若冲〉の追っかけ旅に始まった美術館巡りを仲間と楽しんでいる。

夫婦旅行の一つは、島国である日本を確かめるかのように風と波に耐えながらの離島巡りの旅である。春の利尻・礼文・奥尻島、夏の伊豆七島と佐渡島、四季の瀬戸内の島々と淡路島巡り、西の壱岐・対馬と五島列島、屋久島と奄美大島の自然と鯨の雄大な姿、石垣島から西表に続く先島諸島を巡る数度の旅、雄大な自然と季節折々の花と美食、素朴な人々との出会いが忘れられない旅だった。

二つ目の夫婦旅行、それは私たちが出会った京都の思い出の地を巡り、若い頃の自分たちと出会う旅だ。桜吹雪の円山公園から知恩院、新緑の栂尾高山寺から高雄神護寺への清滝川沿いの道、初夏の鞍馬山から貴船への杉林、二つの賀茂神社の春秋の祭りと大文字、紅葉の大原寂光院と三千院、雪の御所と糺の森、そして四季の賀茂川堤、吉田山から真如堂へのテニス合宿でよく走った山道。京都を離れた五〇年前に想い描いていたような「感受性豊かな詩人」になれたかは別にして、思い出のぎっしり詰まった青春の地を、二人で黙々と歩いた（コロナの三年間、残念ながら旅は中断させられているが……）。

この一〇年ほどは体力作りのために、インド生まれのヨーガの原型「ハタヨーガ」に励んでいる。呼吸法と体の生命エネルギー、瞑想による力で行うヨーガ、背骨療法である。週に一回、二時間のヨーガを終えると、身体が軽くなり、心身が活性化されるのだ。

その師は、七歳頃まで毎晩、真っ暗な中に満月にそっくりな白い輝きが見え、その光に吸い寄せられて自我を失っていく体験をしたという。それが土台になって、高校生になった頃から独学でヨーガと瞑想を学び始め、フラメンコギターの演奏者を経てインドで修行し、五〇年以上もヨーガを教えている仙人のような風貌の眼光鋭い輩である。

母のケアと看取り（二〇一四年〜二〇一九年　六八歳〜七三歳）

軍人だった父は、人生の大きな転機となったはずの戦争の話を一切口にすることはなかった。父が残した数少ない記録から、一八歳から二一歳を海軍兵学校での厳しい訓練に明け暮れ、練習艦でアメリカや中国を回り、一三年にわたり砲艦や巡洋艦、潜水艦で中支や南洋の戦場に赴き、乗艦が二度撃沈されたということを知った。その間、旧制中学の教官だった祖父の娘である一九歳の母と二八歳で見合い結婚し、乗艦の寄港地で私たち三人の子どもをもうけている。

　南洋の島で終戦を迎えたが、上官の軍事裁判の証人として留め置かれ、戦後二年遅れて三六歳で復員してきたことを知ったが、それ以外のことはあまり知らない。父の死後、江田島を訪れ、若き日に父が書き残した卒業時の自筆の署名に出会い、二一歳で戦場に向かう決意と語らなかった父の思いが想像され、胸に迫るものがあった。

　社交性の乏しかった父は戦後社会への再適応に苦しみながらも、三人の子どものために働き、老後は姉兄夫婦と近居生活をしながら穏やかに余生を過ごし、三か月の闘病生活を経て七七歳で静かに生涯を終えていった。

　死後しばらくして父の遺品を片付けていると、天袋の一番奥から古い行李（こうり）が出てきた。そこには海軍の夏冬の礼装がきちんと仕舞われており、その上に袋に入った長剣が一振り出てきたのには驚いた。すっかり錆びて鞘から抜くのも一苦労だったが、度重なる転居にもかかわらず、父が処分できずに残していたのだろう。母もその存在を知らなかったが、私はすぐに、父母が出雲大社の大しめ縄の前で写っていた結婚式の写真を思い出し、その時に父が身につけていた礼装と剣だと分かった。

　父の死後、母は俳句と花づくりを趣味に、独り暮らしを三〇年続けた。私は退職すると母の生活支援のために、私宅から三時間半かかる母宅に、一〇日ごとに一、二泊する生活を四年過ごした。その間、長年母が作り続け、書き留めてきた八〇〇〇首を超える俳句を整理し、句集づくりを手伝った。九四歳の母が自分で選句し、私がパソコンに打ち込んで原稿を作り、息子夫婦が表紙の絵を描き、印刷屋に出す手配をしてくれた。こうしてでき上がった句集『水煙』は、『水煙や谷中からすの寒の声』から名付けた。老いとともにくる孤独を詠った句、戦争を詠った句、吟行の旅先で詠んだ句などに交じって、私や孫たち、ひ孫の幼い日の姿などが詠まれている。

熱燗や自由と孤独のやじろべえ
菊芽さす指の先まで孤独の日
戦なき平和かみしめ布団干す
戦記手に夫無口なる終戦日
夕あきつ風のつまづく千枚田
鳶の輪の下のふるさと青き踏む
夏休み厨房の子の縦結び
地吹雪や帰り待たるる吾娘の顔

叱られて帰る夕日の葱坊主

胡桃ころころ少年の変声期

九六歳になるとさすがに一人暮らしの心配が増してくる。母は望まなかったが、姉の家の近所にあるサービス付き高齢者向け住宅に入所することになり、毎週訪問する生活がさらに二年続いた。私が行くと、ワインとフルーツサンドで少しの昼食を摂るのを楽しみ、半日かけて新聞を欠かさず読み、時事にも通じていた。記憶力の衰えを心配して昔話をするように心掛けたが、下半身の衰えは避けられず、転んで大腿骨骨折で入院手術した。その半年後、介護施設の温かい看取りを受けて九八歳を過ぎて亡くなった。九八歳の誕生日、六か月間世話になった介護職員の方々からの色紙の言葉が忘れられない。

「美しく、時に凛として、辛抱強さの中に優しさと気遣いのある素敵な百合の花、そんな方です。その花が閉じようとするしばしの時を、ご一緒できたことに感謝しています。ごゆっくりとお休みください。」

最後の二年間は私にとって貴重な学びの時間となった。心身が萎え、生命が朽ちていく時間を共にする体験は、不安とともに死への覚悟を受け入れさせる穏やかな営みでもあった。生と死と、人生の方向は真逆だが、育児と看取りの二、三年には共通点もある。非言語的な身体感覚によって相手の心を読み取り、代弁するコミュニケーションが求められるのだ。最近では「ユマニチュード」と呼ばれる高齢者ケアは、乳幼児ケアと同質なのだと気づかされる。

亡くなる一週間前、スポンジで口を湿らせていると、喘ぎながら訴える母との最後の会話がやってきた。

「早く死にたい……長生きは辛い……苦しい……」

「もうすぐ楽になれるからね。ちゃんとお見送りするから安心して……」

手を摩りながら言うと、母は途切れ途切れの苦しい息遣いで応える。

「あなたが娘でよかった……楽しいことがいっぱいあった……ありがとう……」

それから一週間目の午後、肩呼吸から顎呼吸に、歯茎を上下させて息をするようになって一時間余り、最期に大きく一つ肩呼吸をするとやがて呼吸が止まったようだ。母の手を握っている私に「話しかけてあげてください」と介護士はいうのだが、うまく言葉にできない。苦しい呼吸の連続で引きつれた口の周りを撫で、まだ温かい顔面を整えようとするのだが、これもうまくいかない。

その間にも身体は次第に温かさを失っていったが、《これでやっと安らかな刻が母に訪れるのだ》と思うと、死は自然から贈られたギフトだと思われ、心はむしろ温かくなっていくのを感じていた。母は、毎日の化粧を欠かさない人だった。苦痛に引きつれた母の死に顔をきれいに整えてやりたくて、私はエンバーミング（遺体衛生保全）を依頼した。

「長生きしすぎた。私が死んだらみんなでパッとパーティーやってねー」

母はよくそう言っていた。悲しいと思うと同時にホッとした私がいたが、一番ホッとしたのは母自身だったのかもしれない……。

桜の散り始めた暖かい春の宵に、親族のみで母の望んだ賑やかな葬儀を終えた。命日となった四月八日、灌仏会（かんぶつえ）の花明かりの宵を偲んで、母に倣って私も詠んでみた。

花まつり時を選びて母逝きぬ

花筏風の絵筆で母に似し

人生の生老病死子どもらにからだで教えて母身罷りぬ

一九歳で結婚し、三人の子どもを抱えて農業を手伝いながら遅れて帰還した父を待ち、戦後の苦しい生活の中でいつも私の傍にいてくれた母、手縫いの服を着せてくれた母、私の自立を一番願っていた母、子育てを手伝ってくれた母、今でも母の着ていた着物の柄を鮮明に思い出せ、母が得意だった料理の匂いがしてくるような気がするのだ。
母が愛して育てていたアマリリスが、今年も私の庭で見事な花を咲かせてくれた。

親たちから学んだ私の子育て（一九七八年～一九九八年）

息子が小学一年から大学三年までの一五年間、私は親子の発達を支援する民間教育研究所で働いた。当時三三歳だった私は、多様な人生経験を持つ年上の親たちに鍛えられ、彼らの子育ての成功や失敗から多くを学ばせてもらった。それが、私自身の子育てや息子の育ちにも大きな影響を与えることになった。

毎日、出勤前に息子宛に書いた懐かしい伝言ノート、所々に小学生の息子の文字が残るノートが今も私の手元に残っている。転居して一年生になった最初の参観日、教室に貼られた息子の絵を見て驚いた。それは、画用紙の隅っこに描かれたとても小さな自画像だった。転校経験者だった私はピンと来て息子と話すと、力の強い地元のわんぱく同級生に「ケライになれ」と言われ、「イヤだ」と言ったら取っ組み合いになったという。まもなく、仲直りして家にも遊びに来るようになってホッとしたのだが……。

小学生時代の息子は、通塾することもなく団地の野球部で過ごした。ピッチャーだったが、一歳頃に手術した右肘が野球肘になった時には、左利きの父親を真似て左投げの練習を繰り返し、野球を続けた。歴史やスポーツに熱中する友達の多いリーダー的な人気者で、落ち着いた明るい、優しい性格で安心できる子だった。いのちが育つ真っただ中、何をやっても成長するピンク色の時代だった。週に一回、仕事を終えた私とバイオリンの稽古に出かけ、外食をするのを楽しみにしていた。「潜りたい」と一人で風呂に入ると言ったかと思うと、いつの間にか私の膝を枕にして本を読んでいる、そんな子だった。しかしその頃から、細かい規制が多い先生の指導が苦手だった。

中学生になると反抗期が強まり、自分で納得しないと動かない、「悪い」と分かっていても試してみないと気が済まない、ブルーの時代に入っていった。ある日突然、七年間続けたバイオリンを、「今日でやめます」と宣言し、先生を怒らせたこともあった。「この子は指導するより自由にさせた方がいい」と大いに認めてくれる教師もいたが、細かい干渉が絶えない新卒のクラス担任で音楽担当の教師に対して、「先生は、教師になっちゃいけない人だった」というような意味の言葉を言ってしまい、音楽の内申点は三年間ずっと「3」だった。

夫が単身赴任をした中学二年の頃から、勉強と部活を巡って、母子の衝突が増えた。中学ともなれば、自発的に勉強し始めるだろうとの私の思いに反して、陸上部に入り部活に励み、文化祭のビデオ作りに熱中し、高校入試が近づいても塾には行かず、点取り虫の勉強はしない子だった。

高校は近所の進学校といわれる県立高校に入ったが、まさにブラックの時代に入っていた。一六歳になったその日に、学校で禁じられているバイクの免許を取得し、貯めた小遣いでミニバイクを購入してきた。試験の採点ミスで先生に詰め寄るクラスメイトに、「入試は終わった。一、二点くらいどうでもいいじゃないか！」と言ったことから非難され、「腐ったミカンになりたくない。明日から学校休むー」と言い出したこともあった。夫が単身赴任中だった私には相当堪えたが、夫は「放っておいても大丈夫だ」と黙認したままだった。部活に行くことを我慢できなかった息子は、一週間後には登校するようになっていた。学校検診で不整脈が見つかり、医者から部活の短距離走を止められた時も、「死んでも走る！」と、私を嘆かせ、怒らせた。

三年生の秋の体育祭では百人を束ねるリーダーを務めたが、学校に近い我が家の夏休みは、体育祭準備のための生徒の溜まり場、寝泊まりの場になっていた。体育祭が終わった九月末、浪人覚悟の親を尻目に、「こんな勉強を一年間もやる意味がない」と、四か月ほどの死にもの狂いの受験勉強を始めた。受験日前夜、「眠れない……」と言うので睡眠剤だと言って栄養剤を渡し、「幼稚園の頃、成長痛で眠れない夜、こうして足をさすったのよ」と、思い出しながら高校生の毛深い足を撫でていると、まもなく寝息が聞こえてきた。

こうして滑り込んだ早大在学中には、交換留学生として日本人の少ないアメリカの田舎町で一年間の寮生活と猛勉強の日々を過ごした。最初の三か月は、国際電話の声が震えているようで心配したが、野球のクラブに入った頃にはすっかり元気になっていた。週末には三歳児がいる親切なホームステイの一家と過ごし、休暇には全米三〇州を車で回り、ホームレスのおじさんと仲良くなり、人種差別も経験した。帰国前には、寮で同室だったインド人の友達がブラジル大使の息子だったので、その邸宅に一か月間逗留し、生涯に二度とないセレブな生活を体験させてもらい、ブラジルの旅を満喫した。

留学中の息子を訪ねた旅ではすっかり脱皮した姿に出会ったが、帰国した息子はすでに一人前になっていた。親に頼らず就職を決め、「自分のことだけ考えればよかったので有り難かった。これからも二人で仲良くやってねー」と、あっさりと家を離れていった。

それから三年後、すべて自分たちで企画演出したガーデンパーティーのような結婚披露を終え、その後、働きながら自費でイギリスの修士号を修め、仲間と起業していった。

私のように優等生になることを望まず、自己主張を通し、将来のために現在の欲望を我慢することなく、必要に応じて主体的に試し、失敗から学びながらその結果を甘受する、器の大きい人間に育ったと思う。私より逞しい、生きることに前向きで明るい人間に育ってくれたことを誇りに思っている。

息子への親の思い

息子には、両親の出会いと夫婦の成り立ち、親の思いを知っておいてほしいと思う。

夫は息子に干渉しない淡々とした父親だった。「今は君の出番だよ。少し大きくなったら僕も頑張るから〜」と、育児期には積極的には関わらなかったので、よくケンカになった。三歳頃からは息子の相手をすることが増え、キャッチボールやコマ回し、凧揚げなどのコツを教えながら楽しんでいた。小学生の頃には、甲子園や海に出かけ、野球の試合や学童保育の合宿には運転手として参加し、息子の友達もよく知っていた。生きていくには体力が一番と思う父親で、勉強を強要することもなく、厳しいわけでも甘やかすわけでもない、息子が小さい頃から対等に付き合う存在だった。

父親が単身赴任中の中学から高校の四年間、夫が不在になると父親の席に座るが、帰宅期間は席を空ける、父親の存在は意識していたようだ。赴任先で父親と二人で数日を過ごして帰ってきた時、驚いたように報告した。「お父さんって、外に出るとあんなによくしゃべる人だったんだねー」

高校三年で戻ってきた父親は、「後悔しない進路選択をするように」と忠告しただけだったが、大学在学中の海外留学を勧めたのは父親だった。

息子にとって私はどんな母親だったのだろう。今でもそうだが当時は、就職前に身籠もることは致命的で、子持ち女の就職は困難だった。就職に悩みながらも、私にとっての子育ては、予想外に興味深い仕事だった。専業主婦になった育児中心の数年、思い返すと幼い息子と過ごした思い出多き時間だった。大人になった息子が、「僕が生まれなければ、お母さんはもっと早く希望の仕事につけたのにね……」と言ったことがある。就職前に妊娠したことを後悔したことは確かだが、仕事だけが人生の幸せなのではない。息子の出生が「教育」という私の仕事をより実り多いものに、私の人生をより豊かにしてくれたことは確かであり、感謝している。

私が子育てで留意したのは、一人っ子の息子が生涯を生き抜いていく土台を築くことだった。窮屈な優等生にしないこと、年齢不相応な早熟した育ちを警戒すること、生きていることを肯定できる人間に育てること、大勢の異質な仲間と接触させること、そして心身のバランスを保つために身体を動かし、スポーツを楽しめる子にする生活に努めた。私自身の育ちへの反省もあったが、仕事が忙しかった私には、それ以上の育ちを強要し、監視する時間的余裕がなかったと言った方がよかろう。

五〇歳になった息子に「あなたにとって、私たちはどんな親だった？」と尋ねてみると、「う～ん、難しいな……。考え方とか仕事とかはお母さんに似ているかな？　話し方とか笑い方とか、コミュニケーションはお父さんに似ていると思うことがある。性格は、どっちかというと、お母さんよりもお父さんに似ているのかな？」ということだ。

よきパートナーとしての夫（一九六九年～二〇二一年　二四歳～七七歳）

五三年前、私たち夫婦は一年間の交際と三年間の遠距離恋愛を経て結婚した。若い頃に二人で描いた結婚観は、どの程度達成できたのだろうか。

《人間は各自、自分の生きる道を持つべきである。人生に情熱を欠いた時、その瞬間から退歩が始まる。人間には進歩すべき義務があり、お互いの成長に影響し合うために結婚する。結婚も人生の一つの出来事である限り、不安も失望もあるだろう。でも常に前向きに生きて成長していくこと、お互いがそのために努力し助け合うこと。内面的に結ばれ、各自の分野で自己を主張し真理を追究し、社会に還元することを大切に、パートナーとして二人で精一杯生きていこう。》

四〇年近く共働きだった私たちは、時に応じて遠距離通勤や単身赴任をしたが、結婚前から心配していた別居は、幸いにも四年間で済んだ。四〇歳過ぎてからの単身赴任は、都会と違って勤務先も近く、自由時間を料理や趣味に当てることができたようで、すっかり料理上手になり、カラオケが上達した。私の仕事が休みになって夫を訪れた時には、ドライブや旅行によく出かけた。

私たち夫婦は、昔から三時間の時差生活、《自分のことは自分でする、相手に強要しない、食べたいものは自分で作る、相手の時間に無理やり合わせない》という心身の健康を尊重する相棒のような存在だった。互いに仕事で忙しい平日には顔を合わせる時間も少なかったが、休日には息子が野球や部活で朝早く出かけたので、夫婦一緒に行動することが多かった。そのうち私の休日出勤が増えて、休日の家事は夫の担当になることもよくあった。

リタイア後もその信条は変わらない。私より少し早く退職した夫は、四五年の仕事人生の集大成の著書を出版し、一〇年かけて徒歩のみでの四国遍路を結願した。地域の男の料理教室に通ってコーヒーの入れ方や家庭料理の基礎を覚え、調味料と香辛料をあれこれ買い込んで、実験のようにトライして料理を楽しんでいた。早起きの夫は私の朝食を用意してくれ、私が帰宅する九時過ぎにはすでに床の中だったが、食卓には夕食が整えられていた。身体を動かすことが健康のコツだと、家事一般は十分にこなす、粗大ごみとはかけ離れた働き者である。

現在、夫は八〇歳、相も変わらず早寝早起き、運動に学びに、パンクチュアルな日々を送っている。年下の仲間に交じって動体視力の衰えをかこちながらもテニスを楽しみ、歳とともに勉強家となり、健康や社会問題に関心を向けている。地域活動に参加し、私のリタイア後は昼飲みや夫のコーヒーを楽しみながら、二人で議論する時間を喜びとしている。

夫は、理論よりも体験から得た哲学や理屈を信念として、忍耐強く規則正しい生活を送り、素朴で自分を飾ることなく、自分の弱さを認めて淡々と生きる人だ。芯は強いが穏やかで、人を客観的に見て無理強いしない人だ。

「強くなければ生きていけない、優しくなければ生きていく意味がない」。これは、夫が終生大事にしてきたアメリカの作家、レイモンド・チャンドラーの未完の遺作である小説、その主人公のセリフだという。高齢期を迎えた最近の夫の自作の誦句と言えば、「今日一日明るく楽しく元気よく心豊かに穏やかに笑顔と感謝で過ごします」、まるで小学校の教室にある標語のようだと笑いたくなるのだが……。

付き合って間もない頃から、夫によく言われた言葉がある。「君は温かくなったり急に冷たくなったりする。その関連がつかめないから、僕が振り回されるのだー」

夫にとっての私は、一言でいえばきつい人だったようだ。厳しいことをいう、気分の起伏が激しい、心身の余裕がない妻だったのだろう。夫によれば、カチンと頭にきて、離婚を考えたことが一、二度あったということだ。

結婚後も自己主張の強い私との生活を支え、応援し、時にはケンカし突き放しながらも、共に歩んでくれたのが夫だった。完璧主義で悲観的だった私も随分楽観的になり、強さだけではなく弱さも受け入れて逞しくなり、生きることが数段楽になったと感謝している。

夫は長く、《この結婚を私が後悔しているのではないか……》と思い続けてきたというが、決してそうではない。「強い女は人生に勝つけれど、恋において敗れる」と言った人がいるそうだが、私のような「強そうな女でも恋を選び、後悔しない人生を手にする」こともあるのだ。

(三)　愛することと働くこと

愛することと働くこと

職業としての結婚は望まなかったから、私にとっての青年期の目標は、生涯を通して生き甲斐になる仕事を得て自立することだった。大学三回生の頃から夫との交際が始まり、一年後に将来の結婚を約束した。それから三年間の遠距離恋愛が続いたが、その後、就職して結婚する予定にしていたので、就職↓結婚↓出産・子育ての順番を想定していた。しかし現実には、結婚↓出産・子育て↓就職の順番となった。そのきっかけとなった出来事は、就職試験の失敗と、結婚か独身かの選択を迫られたことであった。

私の大学時代、一九六〇年代は、結婚して働くことは男性には当たり前のことだが、女性は仕事か結婚かの選択を迫られる社会であった。当時の大学も男社会、男性教授たちは女が生涯続ける仕事をするつもりならば独身を大前提にしていた。「君が男ならば、結婚を考えない人ならば……」「結婚するつもりならどうして大学院に来たのだ……」と教授たちに質され、迷った末に独身よりも進学しながらの結婚を選んだ。そこに予定外の出産・子育てが加わり、なお数年、仕事から遠ざかることを余儀なくされた。三三歳で希望とはやや異なる就職をし、その後大学に移り、三五年間の忙しい共働き生活を過ごした。

晩年のフロイトが述べたように、人間にとって大事なことは「愛することと働くこと」、私生活と仕事が偏りすぎない生活を指していたとすれば、それは、男性だけでなく女性の人生にも当たり前な生き方であることは当然なのだ。働くことの困難さを愛することが癒やし、励ましてくれたことが私の人生にも幾度あったことか。だが、愛することと働くことのバランスのとり方は、それぞれの男女で異なっているのだろうと思う。

「敬愛」のT先輩は、働くことに窮して耐えられなくなった時、K子に弥勒菩薩の慈愛を求めて生きるバランスを取ろうとしたのであろう。対照的に「友愛」のC君は、相手の人生すべてを引き受けることを求められて、愛することへの負担感と不安が募ったのであろう。「礎としての愛」の、後に夫となるNさんは、愛することが生きることと働くことの礎であると信じ、それに対して私は、女性には愛することと働くことの両立を許さない社会に異議申し立てをしたかったのであろう。

幸いにも私は、「愛することと働くこと」が相反しない人生を過ごせたかと思う。夫の寛容さに守られ、わが子への愛を多くの子どもの発達支援に広げ、一人の親としての経験を多くの親と共有し、私的な子育てを社会的支援の対象へと発想転換させる仕事に関わり、その支援の担い手である保育者養成の仕事に関わったことは、私の人生全般に大きな影響を与えた。それは、金銭だけでは計れない、合理性だけでは片付けられない、人間存在そのものへの配慮と感情を伴う生の営みへの感受性を育て、自他への優しい眼差しと柔軟に生きる力を培い、生きることを肯定的にさせてくれたと思う。

有償労働と無償労働のバランス

働くことには、「有償」労働と「無償」労働がある。有償労働は、生きていくために欠かせない労働だが、性別や家族構成によって左右されやすい。しかし、賃金を得ることだけが働くことではない。時間を吸い取り体力的にきつい子育てや介護などは長い間無償労働とされてきたが、それは人間にとっては当たり前の労働である。それを労働として評価しない社会の仕組み自体が間違っているのだと強く思う。

国の統計によれば、現在では、有償労働と無償労働を合計した労働時間での男女差はなくなりつつあるが、無償労働時間の男女差はなお大きい。他国と比べても、日本女性は無償労働時間が長いのだ（二〇一六年　内閣府）。

この二つの働き方は質的に異なっている。有償労働は合理的で代替可能だが、無償労働は情緒的、代替不能な対応が求められることが多い。学校では教師という役割を果たす母親でも、家庭に帰れば唯一無二の母親になることが求められる。ケアされる者、とくに幼い子どもはその差異を敏感に感じ取る生き物のようだ。

親の仕事と家庭のバランスのとり方が、子どもの言動に反映することも多い。母親の就職が急に決まり、夏休み中一人で留守番することが多くなった精神的不安から、ある日突然視野狭窄に陥り「文字が見えない!」と騒ぎ出した小学三年の女児を知っている。自宅で塾やピアノ教師をする母親も、長い目で見ると親子関係を難しくすることもある。生徒には優しいのに自分には厳しい母親を見せつけられ続けると、自己主張できなくなる、反抗的になるなど、自己信頼感が低下する子どもも出てくるようだ。

父親の二つの労働のバランスも、夫婦や親子関係に影響することもある。仕事一辺倒で子育てに無関心な父親は、母親の負担感や不安を高め、夫婦関係を難しくし、それが子どもの問題行動につながり、その解決を困難にすることも多い。私も、夫が単身赴任中に思春期を迎えた息子が、学校で禁止されていたバイクに乗り始めた時も、一週間の不登校を実行した時も、「死んでも走る」と言った時も、父親不在をどんなに嘆いたことか。

「六歳未満児を持つ父親に一日に一五〇分の家事・育児時間を実現する」という政府目標

を達成するためには、父親の有償労働時間（仕事と通勤時間の合計）を一日九時間三〇分未満にする必要があるという（二〇二一年　厚生労働省による推計）。息子が幼い頃、私の有償労働時間は八〜九時間だったが、夫は一三〜一四時間、とても家事・育児の時間は取れなかった。

『子は親を救うために「心の病」になる』（高橋和巳　筑摩書房　二〇一四年）という本がある。親は年齢に応じた子どもの発達に配慮しながら、働くことと愛することのバランスを心掛けることが、いかに大切かを教えてくれている。「何よりも大切なのはあなたなのだー」という親メッセージが、子どもの心にきちんと届いていることが大切なのだから。

ケア労働はエッセンシャルワーク

無償労働には「家事」と「ケア」労働がある。ケア労働には、次世代を産み育てる「産育」と前世代の世話である「介護」がある。家事とケア労働は、長い歴史の中で社会的労働と切り離され、家庭の中で女性と母親に割り当てられ無償労働として位置づけられてきた。それは、女性の特質である愛情と母性による世話と配慮から生まれる「女性役割」だというのだ。

一九九〇年代、共働き主婦が専業主婦を上回り、幼い子を持つ母親の有償労働への参加も増えてきた。それに伴い、家庭内の家事労働は商品やサービスの購入という形で、育児は保育所に、介護は高齢者施設に、看護は病院や療育施設などの専門機関に託され、社会化されて有償労働となった。しかし、ケア労働の多くが有償労働になったとはいえ、今なお歴史的性格を引きずった「女性職」とされ、その労働価値はおおむね低く、他業種に比べて賃金も安い。

ケア労働は、依存しなければ生きられない弱者（子ども・高齢者・障がい者など）の生存を支える仕事であり、ケアする者とされる者とは対等な関係ではない。ケア労働は、ケアされる者の個人的状況に合わせて相手の人格や自立を尊重した個別対応が求められ、一律にマニュアル化して合理化できる仕事ではない。それが労働の評価基準の曖昧さにつながり、労働の社会的評価の低さに反映していると言われる。

ところが、最近では、ＡＩ（人工知能）にとって代わられにくい職業として、ケア労働である看護師や介護士、保育士や教師などの職業が挙げられている。保育士養成校の学生でも、「保育は好きだけど、給料が安すぎる」と、保育士になることを避ける学生がいたが、ケア労働は代替困難な仕事として、将来も生き残る可能性が高い職業だという。

皮肉なことだがコロナ禍は、ケア労働の社会的評価を高めてきたそうだ。代表的な女性職である看護師や保育士、介護士などは、社会経済活動を下支えし、人と人との絆を保つ「エッセンシャルワーカー」と呼ばれ、その待遇改善のほんのささやかな一歩が始まろうとしている。

「愛することと働くこと」が両立する社会の実現を

私の大好きな童謡詩人金子みすゞは、一九〇三（明治三六）年に生まれた。若い頃から親族の小さな書店を切り盛りしながら本に親しみ、童謡詩の創作、投稿に励んだ。そして、大正デモクラシーの中で女性童謡詩人として育っていったが、女性ゆえに自分の詩集を出版する夢は叶わず、失意に陥っていく。その後結婚して一人娘をもうけたが、文学に理解のない夫に詩作を禁じられ、夫の浮気と淋病をうつされたことから離婚を決意する。しかし、幼い娘と引き離されて、失意のうちに二六年の短い生涯を自死で終えている。彼女もきっと、「愛することと働くこと」を両立させた人生を願っていたことだろう。

みすゞが誕生してから約四〇年後、一九四五（昭和二〇）年前後に生まれた私の世代の女性は、「愛することと働くこと」の選択を迫られる時代だった。働くことを優先する女性は独身であることを求められ、多くの女性は、主婦・母として家族を愛することに専念し、子育て後にはパート労働者として、運が良ければ正規労働者として働くことが可能な時代だった。三〇代の頃の私も、専業主婦のママ友と共同保育をし、子どもを愛する喜びを感じながらも仕事を求めて、悩みもがいていた。

私の世代から約四五年後、平成生まれの三〇代女性も相変わらず、「愛することと働くこと」の両立に苦しんでいる。現代女性の結婚平均年齢は約三〇歳、第一子出産年齢は約三一歳、三五歳頃には出産を終えているが、女性の離婚年齢の平均も約三四歳である。三〇代女性は、仕事、結婚、出産・子育て、離職、そして離婚と、人生の主要な転機をいくつも経験する時期に当たる。性別役割分業意識を測る「夫は外で働き、妻は家庭を守る」項目への賛成割合を年代別に見ると、三〇代女性だけが男性よりも高いという〈二〇一九〈令和元〉年・内閣府「男女共同参画社会に関する世論調査」より〉。それだけ、三〇代女性は労働と家庭生活の両立に惑い、性別役割分業に傾きやすい世代なのである。

日本の長時間労働環境では、第一子出産後に半数の母親が退職しているが、一度退職した女性が正規労働に復帰するのは至難の業だ。さらに、母子家庭の九割は死別ではなく離別、離婚時の末子年齢は四歳、多くの母親が未就学児を抱えて三〇代中頃に離婚している〈二〇一六〈平成二八〉年・厚生労働省「全国ひとり親世帯調査結果報告」より〉。これらの現実が、貧困に陥る子どもが七人に一人と、先進国の中で最悪の現実につながり、さらに次世代にも再生産されていくことになる。

家事と子育てを一人で担う「主婦」という役割に過剰に同調する限り、三〇代女性は、共働き主婦になっても専業主婦になっても、その生活はしんどいのだ。仕事と家事や育児・子育てに使う時間とエネルギーの配分を調整しながら、「愛することと働くこと」のバランスを考え、人生の大変な一時期を乗り越えてもらいたいと思う。

そのためには、家事の質を見直し、外部サービスを最大限利用し、合理化して乗り切りたい。子育てや教育に費やす金銭とエネルギーの見直しも必要になるだろう。家族、仲間との助け合いはもちろん、子育て支援や育児・介護休業などの社会制度を最大限に活用して乗り切っていきたい。一時的に働き方を変えてもいい、休業してもいい、細く長く働くことを諦めない生き方を模索していくことが、人生百年時代の「愛することと働くこと」を両立させる未来につながっていくことを信じたいと思う。

少子高齢化が社会政策の課題になって三〇年、一世代が過ぎようとしている。家族に残された主要な役割の一つは次世代を産み育てることであるが、従来の男性中心の働き方と家族のあり方を変え、家族を包括的に支援する制度的枠組みを作らない限り、少子化は止められない。差異や多様化を認めながらも、すべての人々が不利益を受けない働き方と家族生活が可能な社会的枠組みへの変革が求められている。

あとがき

二〇二〇（令和二）年は、コロナという目に見えない怪物が突然私たちの日常に侵入し、二〇二二（令和四）年は戦争という悲劇を身近に感じる年になり、日々の生活と人間関係のあり様が突然大きく変化させられることを実感した。これらの危機は、晩年のフロイトが述べたように、地道に生きて、愛し働くことが人生にいかに大切であるかを再認識させた。それは、幸せな人生を実現するための時代を超えた願いなのであろう。

コロナ禍の断捨離で見つけた古都で過ごした日々の日記と往復書簡は、記憶の底に沈んでいた半世紀前、私の青春時代を遡る懐かしい旅に招き入れてくれた。

夫と巡り会う前から結婚するまでの六年間の日記、それは手紙よりもより赤裸々に、自己を正直に吐露した心の記録であった。大学生活に戸惑い学生運動に巻き込まれてストやデモを経験し、好きな哲学や学問に傾倒し、女性としての将来に悩んだ。その一方で、独りぼっちが寂しくて、温かい人とのつながりを求めて三つの恋愛らしきものを経験し、気持ちが浮沈する毎日の記録は切なく痛々しく、また若々しい。

遠距離恋愛中に交わした夫との大量の往復書簡、私からは少なくとも週に一、二度、夫からは週一度の六〇〇を超える手紙の数々、よくも書いたものだとスマホ時代の若者はあきれることだろう。その頃の二人にとってのそれはお互いの日記のようでもあり、信頼感と愛を育て、お互いを鼓舞し合う言葉の交換であった。離れて暮らす不安と信じ愛することの充実感、前向きに生きて成長することへの励まし合いの記録でもあったと思う。

振り返って読んでみると、私が男社会の中で女の自立を求めて、不安と孤独、人恋しさの中で必死に自分らしく生きようとしていたあの頃、青春の若さゆえの頑なさと傷つきやすさ、一途さと初々しさを慈しむ気持ちにもなる。結婚と仕事に、あんなにも迷い悩み続けた日々、いま思い返すと取り越し苦労に過ぎなかったような気もしないでもない。もっとしなやかに気楽に通り抜けることもできたのではないかと、いまから思えば残念な気もするが、こうしか生きられなかった自分自身もいまは愛おしい。

幸いにも私たちの青き日の愛は、半世紀後のシルバー期にも蒼(あお)き光となって、夫婦を優しく照らしてくれている。文字が語る青春の時々の記憶を蘇らせる感慨深い時間は、やがて来る晩年の生活を豊かにする契機になるに違いない。「青き日々」への思慕は、これから私たち夫婦が迎える人生の終末「白き日々」への応援歌につながっていくような気がするのだ。喜寿を迎えた二〇二二（令和四）年の年賀状には、そうした私の思いを綴った。『コロナ禍の断捨離中に、学生時代の日記と大量の遠距離恋愛の往復書簡を発見しました。記憶の底の青き時代の自己との再会は、将来への不安と、人との出会いと別れの機微、理性と感情の揺らぎ、傷つき、傷つけながら成長する若き日のエネルギーを、老いゆく身に送ってくれました。』

私が青年期に不安の中で巡り合った「礎としての愛」が、生きることと働くことの困難さを癒やし、励ましてくれたことが、これまでの人生にも幾度となくあった。これからの人生にも、愛することが生きる礎となることを実感する出来事が、きっとあるに違いない。先日、夫が四〇年ぶりに入院、手術となり、生検結果を待つ二週間、不安な日々を過ごした。幸い今回は大事には至らなかったものの、私たち夫婦にも、コロナ禍でいつ突然の別れがやってくるかもしれない。そうでなくともこれから迎える老いへの一〇年、そしてまぎれもなく人生の別れの刻がやってくる。

やがて来るその刻を悔いなく迎えるためにも、記憶の底の青春時代の二人との再会、自分史の振り返りは、《老いの身に優しい、そして新しい心のエネルギーを送ってくれるに違いない》と私は思うのだが、夫の意見はやや異なるようだ。

自分史を書いている私を垣間見ながら、過去を顧みることの大嫌いな夫は、
「過去は過去、そんな昔のことを思い出して、何の役に立つの？」
と、悪戯っぽく笑いながらも優しい愛差し（まなざし）を投げかけてくれる。

私の人生の物語を懐かしむこの旅はここで終わるのだが、そこから、何を学び、これからの自己成長につなげていくか、それが、人生の黄昏時を迎えた喜寿の私に残された最後の宿題となったようだ。人生はなお続く、本当の旅の終わりは死なのであろうから。

二〇二二年　コロナ禍と戦争が交錯する年の瀬に

牟岐　文美

著者プロフィール

牟岐 文美（むぎ ふみ）

1944年生まれ

18歳〜24歳　京都大学教育学部・同大学院修士課程修了

24歳〜30歳　東京大学大学院博士課程修了、結婚、一児の母

33歳〜47歳　民間教育研究所主管研究員、乳幼児の発達支援と両親教育に従事

48歳〜67歳　東京都内の私立大学教員、教育学・保育学・社会学・子育て支援論・保育者養成などを担当、保育士・社会福祉士・臨床心理士養成に従事

68歳〜73歳　母のケアと看取り

77歳〜78歳　東京作家大学総合コース修了

古都に抱かれた青春 —愛することと、働くこと—

2023年 8 月15日　初版第 1 刷発行

著　者　牟岐 文美

発行者　瓜谷 綱延

発行所　株式会社文芸社

〒160-0022　東京都新宿区新宿1－10－1

電話　03-5369-3060（代表）

03-5369-2299（販売）

印刷所　株式会社フクイン

ISBN978-4-286-24326-9